逝ってしまった君へ

あさのますみ

小学館

逝ってしまった君へ

はじめに

二〇一九年一月。私は、古い友人の一人を失った。

友人は突然、自らの意思で死を選んだ。こういう形で大切な人と別れたのは、はじめてのことだった。

私は普段、声優として仕事をしている。気づけば二十年。アニメ、吹き替え、ナレーション、ゲーム、ラジオ、イベント、歌——途中からは文筆業も加わり、求められるものにどう応えればいいか、そのつど手探りしながら、なんとかここまで来た。

二十年も続ければ、日常的に顔を合わせる人たちは全員、声優になってから関係がはじまった人たちになる。それよりもっと以前、まだ学生で、人生がこの先どうなるか全然見通しが立たなくて、不安とも期待とも折り合いがつかず葛藤していたころを知る人は、貴重な存在になってくる。逝ってしまった友人がそうだったように。

友人を失ったあとも、私はいつもどおり、仕事を続けた。

それまでと同じようにスタジオに行き、ラジオでバカな話をし、共演者と笑い声をあげることさえあった。友人との関係を説明するのは難しいし、その場にいる人たちを戸惑わせるわけにはいかない。自然体でふるまっているようで実は綺麗にパッケージングされた感情以外出さない習慣が、二十年のあいだに悲しいくらい身についていた。

けれど実際は、頭の中は常に友人のことでいっぱいだった。

仕事を終えてスタジオから出た瞬間に、涙が止まらなくなることが何度もあった。

「なぜ」や「どうして」が解消されず、感情の置き場所がなかなか見つけられなかった。人は、理解できないことは、受け入れることもまたできないのだと、くり返し思い知る日々だった。

そんな、誰にも話せない、行き場のない気持ちをどうしても吐き出したくて、私はあるとき友人に宛てて、インターネット上に手紙を書いた。手紙はありがたいことに沢山の人に読まれ、さまざまな過程を経て、思いがけずこうして出版の機会をいただくことになった。

だから私は、友人にもう一度、今度は少し長い手紙を書こうと思う。

なかったことにはできない、自分の内側に今も滞留し続けるこの感情と向き合いたい。最初の手紙には書けなかったことまで、一つひとつ言葉にしたい。そしてそれを、逝ってしまった友人に伝えられたら嬉しい。どうしてだろう、手紙を書いているあいだだけは、本当に友人が読んでくれるような気がしてならないのだ。

自分の中だけでいい、そういうことにして、私は今から手紙を書き始める。

目次

君へ手紙を書きたいという私の思いを、理解し尊重してくださったお母さまとお姉さまに、この場を借りて深い感謝を表します。

逝ってしまった君へ

久しぶり。

どうしてますか。元気？　って、聞いてもいいものですか。

君に手紙を書くなんて、考えてみたらはじめてだね。なにから伝えたらいいんだろう。君が逝ってしまってから、はじめてのことがありすぎて、味わったことのない感情が多すぎて、正直私は今も、うまく言葉にする自信がありません。

それでも、記憶と感情が鮮明なうちに、できる限りありのまま感じたことを書いておきたいと思いました。なぜならそれは、今の私にしかできないことだから。時間が経てば経つほど、記憶は勝手に形を変えていってしまうものだから。

とりとめのない手紙になってしまうかもしれないけど、最後まで読んでもらえたら嬉しいです。

君が突然、自ら逝ってしまったと知ったとき、私は膝にガレット・デ・ロワを抱えて、タクシーで帰宅する最中でした。

よりによって、どうしてこんなタイミングなんだろう。

君は知ってるかな、ガレット・デ・ロワって、新年に食べるホールパイのこと。中にはひとつだけ小さな陶器のモチーフが隠されていて、切り分けたパイにそれが入っていた人は、その年を幸せに暮らせるって言われてるんだって。いい一年になりますように、なんてわくわくしながら、幸福のシンボル入りのパイを買ったあのときの自分を、今思い出すと、まるで遠い世界の知らない誰かみたいに感じます。

二〇一九年一月十三日。もうすぐ家、というところでした。古い友達のシゲから、ＬＩＮＥでメッセージが届いたのです。

「ますみ、知ってる？　あいつ、死んじゃったって」

え？

私は、ぽかんと画面を見つめました。そこに表示された君の名前と、「死んじゃった」という言葉。あけおめＬＩＮＥかな、なんてなんの気なしにアプリを開いた私にとって、それは、あまりにも予想外のメッセージだったのです。

「俺も昨日の晩に連絡もらって、まだ実感わかなくて――」

なに？

死……？

唐突すぎて、すぐには驚くことすらできませんでした。訳がわからないまま、文面をくり返し目で追いました。でも、何度やっても目が滑る。なにも頭に入ってこない。一つひとつの単語の意味はわかるのに、文章の意味がちっともわからないのです。

君が死んだ？　いやいや、一体なに言ってるの。だって君にはついこのあいだもLINEを送ったし、四十代になったばかりの君は、体を動かすのが好きで、仕事が好きで、世界中をアクティブに飛び回ってるはずじゃ――。

シゲのLINEを否定しようとする言葉が、頭に次々と浮かびました。その一方で、不安感が少しずつ、とろりとした液体のようにゆっくり、胸に流れ込んでくるのを感じていました。

今となってはこのときのことは、まるで白飛びした写真みたいに、ところどころ記憶からなくなっています。でも後から履歴をさかのぼったら、ＬＩＮＥにやりとりが残っていました。私は立て続けに、シゲに短いメッセージを送っていました。

「え、なんで？」

「原因は？　うそでしょ」

「話せる？」

「電話していい？」

文字を打ち込みながら運転手さんに、ここで降ろしてください今すぐ、とお願いしたのを覚えています。日曜日の午後、にぎわう商店街の真ん中。店の軒先では、紅白のお正月飾りがシャラシャラとゆれていました。

車から降りて、電話したいと何度伝えても、シゲからの返信はちっとも要領を得ません。君にも想像つくと思うけど、シゲって昔からおっとりしているというか、ちょっと不器用で、彼独特のテンポがあるでしょ。

「今は苦しくて直接話せない、ごめん」

「俺も、なにも知らないんだ」

そんなメッセージがぽろぽろと届くだけ。それでも、じれた私が重ねて原因をたずねると、そこだけははっきりと、こう返ってきました。

「自殺だって」

自殺。

——自殺？

ひやり、と体の奥が冷たくなりました。

君に最後に会ったのはいつだっけ、そのときなにを話したっけ、そんな兆候あったっけ、待って待って待って、どうして。だって君は誰より友達が多くて、一流企業で楽しそうに働いて、独身を謳歌してて——。

嘘でしょ。いや、シゲがこんなことふざけて送ってくるわけない、だから冗談とか嘘じゃないとして、きっとなにかの間違いじゃない？　だいたいこんな、たった数行のＬＩＮＥのメッセージじゃなにもわからない、一体誰がそんなこと言ってるの、いつ、なにがあったっていうの。じゃあ君は、もうどこにもいないってこと？　そんな、まさか。

いろいろな感情が、くり返し頭をめぐりました。でもどれも、浮かんではすぐに消えて、ぐるぐる同じところを回って、なにひとつ言葉にはできませんでした。呼吸が、どんどん浅く速くなっていきます。どっ、どっ、どっ、どっ、と自分の鼓動が、全身をゆさぶるような強さで伝わってきます。私はただ、なすすべもなくその場に立ち尽くしました。

そのとき、シゲからまたＬＩＮＥが届きました。

「訃報の連絡をくれたクワが、時間を作るよって言ってる。よければ明日、一緒にクワに会って話を聞こう」

ああ、クワ。

思わず息が洩れました。懐かしい名前。クワは君の高校の後輩で、私もかつて君に紹介されて、何度も会ったことがありました。

「それと、何人かの友達に宛ててメッセージがあったらしい。俺たちの分もあるから、会ったときに遺書を見せてくれるって」

遺書。

ぐさり、と衝撃を感じました。「遺書」という言葉が、胸に突き刺さる感覚があったのです。

待って。待ってよ。だって全然ついていけない。私はまだ、君がいないってことを少しも実感できてないのに、勝手に話だけが進んでいく。これ現実なの？　本当にほんとうのこと――？

待ち合わせの場所が送られてきました。もたつく頭で、じゃあ明日詳しく、と返信して、やりとりは終わりました。それでも、すぐには身動きができませんでした。

ふと、指先にかすかな痛みがありました。見ると、無意識に握りしめていたのでしょう、ガレット・デ・ロワの紙袋の持ち手が、指に食い込んでいました。

――ああ、むしのしらせなんて、嘘なんだ。

茫然と、そう思いました。

ついさっきまで私は、君のことなどなにも知らずに、新年のパイを抱えて浮かれていた。大切な人になにかあったとしても、私はそれを少しも察知することなんてできないんだ。君が逝ってしまったって？　私はそのとき、どこでなにをしていたんだろう。遺書にメッセージがあった？　君がそれを書いてるとき、私はきっと、そうとは知らずにどこかでヘラヘラしてたんだ。

わからない。なにもわからない。涙が出る。泣いたってなにもわからない。

私にできるのは翌日、待ち合わせ場所に行って、話を聞くことだけでした。

はじめての恋人

君とはじめて会ったとき、私は十八歳でした。君は、違う大学に通うひとつ年上の男の子で、当時バンド活動をしていたシゲの、音楽仲間だったよね。

第一印象は「少しだけシャイで、とびきり賢い人」。ボキャブラリーも話題も豊富で、物事の核のようなものを、籠から林檎を選び取るみたいな迷いのなさで「これでしょ？」と指す。それがとても自然で、君は、ハッとするほどのその賢さを、当たり前に携えて生きてきたのだと伝わってきました。

出会ってすぐのころ、庭付きの一軒家で一人暮らししていると知って驚く私に、

「一軒家っていっても、廃屋かと思うような、とんでもなく古い家なんだ。入居のとき築年数を聞いたのに、最後まで『古い』としか教えてもらえなくてさ。玄関についた南京錠だけは、なんとか交渉して替えてもらったけど」

と、可笑しそうに話すから、どんな家かと思ったら、本当に、台風どころか強めの雨でも崩れてしまいそうな、かしいだ木造家屋でびっくりしました。目を丸くする私の

隣で、君は終始笑いをこらえていました。

母子家庭で、いわゆる苦学生だった君は、けれどそれを、どこか楽しんでいるようにすら見えました。

物事を俯瞰する冷静さと、自分が置かれた状況をおもしろ可笑しく捉える明るさを、併せ持った人。君は、広さだけはあるその古い一軒家に、友達を大勢招いて鍋をしたり、錆びた自転車でどこへでも出かけていったり、ゲームを攻略するように独学で次々と語学を習得したりしてたよね。思い出すと今も真っ先に浮かぶのは、あちこち本が積まれたあの古い家と、そこで楽しそうに暮らす君の姿です。

私にはそういう君が、大げさでもなんでもなく、まるで光のように思えました。そして、この人になら正直にいろんな話ができるかも、と感じました。君のことを好きになるまで、あまり時間はかかりませんでした。

そのころの私は、自分の家庭の貧しさが、とにかく恥ずかしくてたまりませんでした。

今でこそ、ラジオ番組などで生家の貧乏エピソードをネタにしてるけど、笑って話せるようになったのは、声優業で生計の目途が立って、貧しさから抜け出せると実感できてから。子供時代の私は、自分がごく短い紐で、柱かなにかにつながれているような感覚がありました。ときどき見かけるでしょ、短すぎるリードのせいでどこにも行けない犬。ああいう感じ。

学校で必要な教材が買えない。

服が三着しかない。

塾にもならいごとにも通ったことがない。

ディズニーランドに行ったことがない、というのは子供社会の中ではどうしても言い出せず、適当に話を合わせていたらある日見破られ、クラスメイトの質問攻めにあいました。

「どうしてウソつくの」

「なんでつれてってもらえないの」

聞かれても答えられない日々は針のむしろのようで、両親に、

「そとからゲートをみるだけでいい。ぜったいおかねをつかわないから。ゲートをみたら、いったことあるっていえるから」

と、何度も頼み込んだけれど、叶いませんでした。周囲と同じにふるまおうとするたびに、短すぎるリードが、いつも私をぐんと引き戻すのでした。


両親がどうしてそんなに困窮していたのか。父の仕事が続かないことも、母のパートの時給が驚くほど安いことも、当時の私は父から、

「運が悪い」

「世の中の仕組みがそうなっている」

「でもここを越えれば楽になるから」

と説明され、そのまま信じていました。


高校生になってアルバイトするようになると、給料日のあと必ず父がやってきて、自分がいかに社会で理不尽な目にあっているかという話をします。アルバイト代は一

円も手をつけずに、すべて父に渡すのが常でした。

――このままじゃ、ずっとここから抜け出せない。

そう思った私は勉強に打ち込み、学費の全額を奨学金で賄って、大学に入りました。入学にかかる費用の一部は祖父母が工面してくれたので、春休みいっぱい、バイトを詰め込んでお金を貯め、キラキラした大学生活に必要なもの――入学式のスーツ、メイク道具、バッグやパンプス、腕時計など――をそろえました。今度こそ、みんなと同じにふるまいたかったのです。

でも実際には、当然同じにはなれないのでした。

サークルの新歓合宿、友達とのお茶代、洋服代。子供時代のディズニーランドは、いつのまにか一泊旅行に変わっていました。定期代や教科書代、学食代で精いっぱいの私は、友達の誘いのほとんどについていけず、なにをするにも頭の片隅でお金の心配をする、そのくせそれを誰にも気づかれないよう必死に取り繕う、そんな学生になっていました。だからこそ、経済的なゆとりのなさに明るく向き合う君が、新鮮だったのです。

知り合って一ヶ月ほど経ったころ、私は君に、誰にも話したことがなかった家庭の事情を打ち明けました。それからほどなくして、君は私の、はじめての恋人になったのです。


君とすごした一年間は、印象的なことばかりでした。

君が薦めてくれる映画や本は、どれも不思議なくらい私の好みに合っていて、好きなものが似てるってことが嬉しかったし、ドラムとかアカペラとか語学とか、定期的になにかに夢中になっては、すごい集中力で吸収していく君の姿は、傍から見ていても圧巻でした。

フランス語を勉強し始めたときなんて、

「とにかくフランス語って数字がややこしくて……あのさ、俺が油断してそうなとき、日本語で、思いついた数字を言ってもらえない？　その場でフランス語に訳すから」

と、しばらくのあいだ、食事中でも読書中でも唐突に数字を言い合うのが、私たちのルールだったよね。事情を知らない人が見たら奇妙だったろうけど、あのころの私には、そういうことがいちいち楽しかったのです。「無理」とか「できない」というボキャブラリーを持たない君といると、私も自然と、その気になればいろんなことができると思えて、世界が少し広くなったように感じたものです。

いつも意欲的だった君は、けれど、時折ふと繊細な一面を覗かせることもありました。

今も鮮明に覚えているのは、亡くなったお父さまについて話してくれたときのこと。あるとき君は、私に一冊の本を見せてくれたよね。残念ながら細かい内容は忘れてしまったけど、それは、建築士であり大学の講師もしていたというお父さまの、手記が載ったものでした。

「時間があるときでいいから、読んでみてほしい。この文章を書いた人がどんな印象か、ますみの感想を聞かせてほしいんだ」

どこか切実な様子で、君は私にそう言いました。

「亡くなってからずっと、父親のことをくり返し考えて、考えて、考えすぎて、もうどんな人だったのかわかんなくなっちゃってさ。俺が高校生のとき、父は自殺したんだよ」

君は、笑いたいけど笑えないといった感じの、途方に暮れた顔をしていました。

あのとき私はお父さまのこと、なんて答えたんだろう。今以上に人生経験が少なかった十八歳の私は、信頼して打ち明けてくれた君を、孤独にしない言葉が伝えられたんだろうか。

自分がなにを言ったか、もう少しも覚えていません。今となってはただ、あのときの君の顔が浮かぶばかりです。

最期のメッセージ

「ますみ、こっち」

待ち合わせ場所の、ホテルのラウンジ。

ふいに名前を呼ばれてドキッとしました。私を下の名前で呼び捨てにするのは、古い友達だけだったから。見ると、シゲとクワが席から手をあげていました。

シゲとは頻繁に連絡を取りあっていたけれど、クワに会うのは十五年以上ぶり。大学時代はこの顔ぶれでよく君の家に集まったっけ。簡単な手料理とコンビニで買ったお酒で、顔を赤くしながらたくさん話して――。懐かしさがこみあげ、一瞬、このあと君も来るような錯覚が起こって、眩暈がしました。

久しぶり、とか、今どこ住んでるの、仕事は、なんて定番の言葉をいくつか交わしたあと、私たちの会話は、ふつりと途切れました。そのまま三人とも、運ばれてきたコーヒーを、しばらくただ口に運びました。

「まずは、遺書にあった個別のメッセージを渡すね」

沈黙を破って静かに話し始めたのは、クワでした。

「質問があれば、なんでも聞いて。俺が知ってることは全部答えるから」

そうだ、クワってこういう感じだった。クワは、大学時代から理路整然としていて、必要なことをこちらが必要とするぶんだけ、きちんと言葉で説明してくれる人だった。かつての感覚をゆっくり思い出していく私に、クワは、ＬＩＮＥで写真を一枚送ってくれました。君の遺書を写したというものでした。

ぴろん。

ディスプレイが光って、受信を知らせるポップアップが見えました。けれど、すぐに手を伸ばすことはできませんでした。

開かなきゃ。聞きたいことは山ほどある。昨日知らせをもらってから、想像ばかり膨らんで、なにも手につかなかったじゃないか――そう思う一方で、戸惑いや恐れもまた、あるのでした。これを見てしまったらきっと、二度と止められないなにかが始まってしまう。君の不在が現実になる。そのことを考えると、躊躇する自分がいるのです。

「ねえ。遺書、どうして写真なの」

　少しでも時間を稼ぎたくて、私は苦し紛れに尋ねました。するとクワは、落ち着いた声で答えました。

「あの人が発見されてまもないからだよ。本物の遺書は、まだ警察にあるんだ」

　思わず顔をあげると、悲しげに眉をひそめたクワと目が合いました。

「部屋であの人が見つかったの、一昨日のことなんだ。俺もその場にいた。すぐに警察が来て、遺書はいったん警察で預かるって話になってさ。個別の友達に宛ててメッセージがあったから、そこだけ、急いで写真撮らせてもらったんだ」

　聞きながら、鼓動がどんどん速くなっていくのがわかりました。

　一昨日。つまり、たった二日前。手を伸ばせば届いてしまいそうな、まだ生々しい過去。

　クワは冷静に説明してくれている。それなのに、気づけば息が思うように吸えなくなっていました。聞きたくない。これ以上話すのはやめてほしい。そんな子供じみた感情が膨らんで、叫び出してしまいそうでした。だって受け入れられない。まだ受け入れられていないのに。

「亡くなる一ヶ月前に、あの人、鬱って診断されたんだ。遺書にもそのことは書いてあった。だから、原因はと聞かれたら、鬱ってことになる」

鬱。

毎日のように目にする、その言葉。今までは、どこか自分から遠いところにあるような気がしていた鬱病に、君が——。ああ、鬱ってなんだっけ。どうなっちゃうんだっけ。あんなにいろんなものを持っていた君でも、死にたくなるものなんだっけ。わからない。全然わからない。

テーブルの上で、アイフォンが光っていました。私はひとつ息を吸って、ポップアップをタップしました。表示されたのは、遺書の全文ではなく、私宛てのメッセージだけが大きく写された写真でした。

「遺書は、ほとんどが個別の相手へのメッセージだったんだ。お母さまとお姉さまと、あとは友達六人に宛てて」

私が知る限り最も友達が多かった君が、たった六人にだけメッセージを遺した。その中に、私もいる。それをどう受け止めたらいいかわからないまま、画面を覗きこみました。

ああ、君の字だ。

見た瞬間、内容よりもまず、手書きの文字が懐かしくて、胸がカッと熱くなりました。ペンを持つ君の手の、爪の形まで目に浮かぶのです。そうだ、君は、考えを言葉に置き換えるのがもどかしいとでも言うように、読めるか読めないかの字で走り書きする癖があったっけ――君の筆跡に刺激されて、忘れていた小さな記憶がいっぺんに蘇ります。

ますみへ、ではじまる五行のメッセージは、やっぱり走り書きのような文字で書かれていました。綴られていたのは、私への感謝とエールでした。照れ屋の君にしては珍しい、素顔をさらけ出すかのような、まっすぐでてらいのないメッセージ。率直な言葉選びに旅立つ覚悟が滲んでいるようで、目がそらせませんでした。書き間違ったところを雑に塗りつぶしてある、そのくちゃくちゃとペンを往復させた部分から、君の息遣いが、鼓動が、今にも聞こえてきそうでした。

その中の一文に、私は、身動きが取れなくなりました。

「俺の心の中で、ますみはずっと大きな存在だよ」

視界が一気にゆがんで、文字が見えなくなりました。だってそれは、もう何年も前から私が君に対して抱いていた気持ち、そのままだったのです。

知らなかった、君がそんなふうに思ってくれてたこと。それなら私も伝えればよかった、君は特別な人だよって。私はずっと、私にとって君は特別だけど、君にとっての私はそうじゃないんだろうと思っていた。だからこそ、そういう気持ちを直接伝えたことは、一度もなかったのだから。

君とのことを、美化して語るつもりはありません。私たちはごくありふれた、どこにでもいる学生カップルでした。付き合っているあいだは喧嘩もしたし、君がなにかにハマりすぎて、ほっとかれることだってあった。それでもふり返ると、一緒にすごした時間はとても密度が濃くて、君が書いてくれた言葉を借りれば、まさに「宝物」でした。私にとってこそ、君は本当に大きな存在だったのです。

「お金を貯めて、実家を出よう」

私がそう一念発起したときのこと、君は覚えてる？　あれは、大学一年生の夏でした。

そのころ私は、埼玉県の実家から神奈川県にあるキャンパスまで、片道二時間かけて通学していました。まだ一年生で授業は朝早いし、連日終電までアルバイトはあるしで、私はいつも疲れていました。

これが四年も続くのかと途方に暮れたとき、ふと「一人暮らししてみようかな」と思いついたのです。それまで、経済的な理由で考えたことがなかったけれど、ある程度貯金して、家賃も安いところを探せば、仕送りなしでも自力で暮らせるかも、と。

君は、私の決意を応援してくれて、一人暮らしの先輩として、具体的な助言をたくさんくれたよね。引っ越しにかかる費用、一ヶ月あたりの生活費、最低限必要な家具や家電。家賃はいくらまでなら払えるか、貯金はどれくらい必要か——。君の家の小さな丸テーブルで額をくっつけるみたいにして、ノートに二人で計算したこと、今でも鮮明に思い出せます。

それは、決して簡単な計画じゃなかったけど、お互いワクワクしてたよね。自分たちの力で選択肢を増やせるってことが、なんだか大人に近づいたようで、とにかく嬉しかった。

計画は、着々と進みました。

平日は居酒屋で、土日はスーパーの試食販売で。私は、授業以外の時間のほとんどを、働くことに費やしました。

君は、あちこちの不動産屋さんに問い合わせて、駅近なのに家賃三万五千円という、格安アパートを見つけてくれたよね。その部屋に住めば、奨学金の余剰分とアルバイト代で、どうにか生活ができる計算でした。家具や家電のうちいくつかは、友達のお古をもらえるという話もまとまりました。かくして大学一年生の終わり、とうとう一人暮らしのための準備が、すべて整ったのです。待ち望んだ生活は、もう目の前でした。

　ところが、思ってもいなかったことが起きました。一人暮らしの計画と、用意したお金のことを話すと、両親は言ったのです。

「そのお金は、全額、家に提供してほしい」

　両親の主張は、こうでした。この春高校に入学する弟にお金がたくさんかかる。でもこのままじゃ我が家には、新しい教科書も、制服も、自転車も、用意する余裕がない。姉として、弟が惨めな思いをしても平気なのか——。

　そしていつものように、自分たちが社会の中で、いかに理不尽な目にあわされているかを語るのです。それを聞きながら私は、首のリードがピンと張ってずるずる体が引き戻される感覚を、久しぶりに味わっていました。

八ヶ月かけて貯めたお金は、結局すべて両親に渡しました。ずっとそうしてきた私にとって、拒否するという選択肢はありませんでした。

だいじょうぶ、だいじょうぶ。

限りなくゼロに近づいた預金残高を見ながら、私は、何度も自分に言い聞かせました。

こんなことはきっと最後、ここを越えれば今度こそ普通に暮らせる。家族が苦しんでるんだから、お金は渡すべきなんだ。だけどこれ、いつになったら終わるんだろう。ここを越えればの「ここ」って、どこまで続くんだろう――。

「あのお金は、全部親に渡したんだ」

両親とのやりとりを打ち明けると、君は驚いた顔で、しばらく絶句していました。八ヶ月も親身になって並走してくれたんだから、当然すぎる反応でした。私たちのあいだに暗く沈んだ空気が流れて、君はやがて難しい顔のまま「何度か伝えたことあると思うけど」と、言葉を探すように言いました。

「多少無理しても、たぶん、実家は出た方がいい。ますみの両親は、ちょっと……変わってると思う」

それから、こう続けたのです。

「俺が、新しい楽器を買うために貯めてたお金があるから、使ってよ。返すのはいつでもいいからさ」

驚きました。君が一言も私を責めなかったから。そして、そのお金がどれだけ大事なものか、よく知っていたから。でも――。

私は呼吸を整えて、言おうと決めてきたことを告げました。

「私ね。水商売をしようと思う」

君は、息を呑んで私を見ました。君の表情がゆがむところを見たくなくて、私は目をそらして、説明しました。

このままでは、働くだけで大学生活が終わってしまうこと。ホステスをしながら大学に通って、実家は出ようと思うこと。君にお金を借りても、今の私じゃきっと返せないこと。なによりもう、こんな暮らしは嫌なこと。

君は、なにも言いません。沈黙が怖くて、自分の声がどんどんうわずっていくのがわかりました。

当時、君はやっと二十歳になったばかり。キャバクラやクラブと呼ばれる場所とは当然無縁で、仕事内容すら、きっとよく知らなかったでしょう。賢い君はとっくに気づいていたと思う、私じゃない誰かと付き合っていれば、こんな悩みからは一瞬で解放されて、世界がもっと広がるだろうこと。そして、いつも君を巻き込んでしまう私は結果的に、両親が私にするのと同じことを、君にしてしまってることも。

別れたい、という結論になって当然だと思いました。一方で、もしもそう切り出されたとしても、私に他の選択肢はないとも思っていました。

「ちょっと、考えさせて」

長い沈黙のあと、君は静かにそう言いました。私は、ただ頷くことしかできませんでした。

――もう、ここに来ることはないのかもしれない。

君の家からの帰り道、そんな考えがよぎって、胸が冷たくなりました。最後に見た君の、思いつめたようなまなざし。それがずっと忘れられず、連絡を待つ数日間も、ただ君のことばかり考えていました。

会って話がしたい、と電話をもらったとき、だから私はとても怖かったのです。会えるのは嬉しいけど、なにを言われるか考えると怖い。私はたぶん、とんでもなく暗い顔で、君の家のチャイムを押したと思います。

「あ、いらっしゃい」

なのに、扉を開けた君はまったくいつもどおり、というよりむしろ、なんだか明るい顔をしていました。ぽかんと立ち尽くす私の手を取ると、君は丸テーブルまで引っ張っていき、座るよう促しました。そして、ちょっともったいぶった様子で言ったのです。

「えー、いきなりですが。今から、手品をします」

「……は？」

本当にいきなりすぎて、聞き間違いかと思いました。手品って、あの手品？　別れ話じゃなくて？

「いいから、黙って見てて」

君は、どこからか小さな道具を取り出しました。それは、手のひらにすっぽり入るくらいの、リングのような形の道具でした。

披露してくれたのは、重ねた五枚の百円玉が、現れたり消えたりする手品だったよね。道具をパッとかぶせると、目の前で、跡形もなく百円玉がなくなってしまうのです。

「ええ？　ちょ、なに今の。もう一回やってみて」

「いいよ、何度でも」

最初はそれどころじゃないと思っていた私も、気づけば引き込まれて、釘付けになっていました。だって、顔をどんなにテーブルに近づけても、道具を手に取って見せてもらっても、百円玉が現れたり消えたりする理由がわからないのです。器用な君は手品もうまく、私は結局最後までタネを見抜けずに、ギブアップしました。君は、楽しそうに笑って言いました。

「この道具、あげるよ」

顔を上げると、君は真剣なまなざしで、私を見つめていました。

「水商売ってよくわかんなくて調べてみたんだけど、酔っぱらったおっさんの隣に座って、話をしなきゃいけないんでしょ。もし、体を触られそうとか、嫌なこと言われそうって思ったら、これ使ってみてよ。たぶん、時間稼ぎくらいにはなるかなって」

いろいろ考えたけどこれくらいしか思いつかなくて、と君は言ったよね。

あのときのことを思い出すと、私は今でも、口元が緩んでしまいます。だって、手品って。なにその斜め上をいく感じ。こっちは別れを覚悟して鬱々としてたのに、君はそのあいだずっと、手品を練習してたなんて。

そして、二十歳だった君の優しさに、なんだか泣きたくなってしまうのです。

結局私は、君からお金を借りて実家を出て、ホステスのアルバイトをしながら、半年ほどかけて完済しました。その後も仕事は続け、結局大学を卒業するまで、夜の世界で働きました。

両親はその後、今度は私に黙って奨学金を使い込むというトラブルを起こしたよね。あのときは、学費未納で大学を除籍になりかけて、もうダメかと思ったけど、水商売での蓄えもあり、どうにか退学だけは免れました。

君が「家を出た方がいい」とくり返し勧めてくれた理由を、私は、一人暮らしする中で少しずつ実感していきました。家庭環境をはじめて客観視できたし、冷静にもなれた。あのまま一緒に住み続けていたら、難しかったことだと思います。

君にもらった手品セットは大活躍で、全然会話が弾まないお客さんも、おかげでずいぶん笑ってくれました。君は知らないだろうけど、私はホステスをしているあいだ、お守り代わりに、常にあの手品セットを持ち歩いてたんだよ。

水商売自体は絶望的にむいてなくて、泣きたくなることばかりだったけど、それでも決めたことを見失わず、きっちり働いてきっちり辞められたのは、手品の思い出が、私を常に明るい方へ引っ張ってくれたからなんだ。

ぎゅっとまぶたを閉じたら、涙がぽたぽたと落ちて、ＬＩＮＥに表示された君からのメッセージを濡らしました。

こういう話、君に直接すればよかったな。いつか言おうと思って伝えられないでいたことが、今になっていくつも頭に浮かぶよ。あのね、大げさなもの言いを嫌う君は眉をひそめるかもしれないけど、私は、手品を見せてもらったあのときに、自分の人生が変わり始めたと思ってます。

本当に、そうだったんだよ。

無益なシミュレーション

顔を上げると、私の隣でシゲが、アイフォンを握りしめ、君からのメッセージを見つめていました。

大粒の涙がいくつも落ちて、シゲの足元の絨毯にあっというまに染み込んでいきました。四半世紀近い付き合いだけど、シゲが泣くのを、私はそのときはじめて見たよ。

「なんて？」

思わず尋ねると、涙を拭きながら、黙って画面を見せてくれました。

――ああ、すごく君らしい。

そこには、私宛てのものとはまた違った、思いのつまった言葉が書かれていました。君はいろいろな言い方で、くり返しシゲを褒め称えていたね。

君がどうしてそうするのか、私にはよくわかりました。

シゲという人は昔から自分に自信がなくて、傍から見ると「なぜ？」と言いたくなるような選択をしたり、不利な立場に立たされたりすることばかりで、君はいつも気にしていたよね。

そういうシゲが歯がゆくて「どうして言い返さないの！」と苛立つのが私なら、君は常に盾になって「シゲちゃんには、すごい才能があるんだから。だいじょうぶだよ、自分のペースで」と励まし続けていた。最期のメッセージでも、シゲはそのままで素敵なんだ、だから自信を持っていいんだと言おうとしていることが、苦しいくらいに伝わってきました。

「シゲの唯一無二の人格はずっと宝物だし、俺の心の中で生き続けるよ」

――いや、生き続けるよ、って。死んじゃってるじゃん。もう、どこにもいないんじゃん。

そう言おうとしたけど声が震えて、代わりに涙が落ちました。

私も、シゲも、君にとても思われているのに、同時にとても拒絶されている。だってこのメッセージを書いているあいだ、私たちのことが頭に浮かんだでしょ。出会ってから今までの楽しかった出来事を、きっといくつも思い出したでしょ。それでも実際の君は、なんの連絡もくれずに逝ってしまった。私たちは君の決意に、少しも関わることができなかった。

なにも言えずうつむく私たちの前で、クワが、静かに話し始めました。

「本人が言ってたことをまとめると――会社で、この四月から昇給の話があって、そのために大きな仕事を任されたんだって。でも、求められることに全然応えられないって、悩んでた。鬱って診断されたのは十二月のはじめだけど、実際にはその前から、調子がよくなかったみたい」

君が、十二月後半から休職していたこと。ひどい睡眠障害に苦しんでいたこと。処方された薬を飲むのに強い抵抗感を持っていたことを、クワは教えてくれました。

「十二月後半っていうと……今日が一月十四日だから、たった三週間前？　鬱って診断されてからも、まだ一ヶ月ちょっと？　ついこのあいだじゃない」

「そうだよ。ついこのあいだ。だけど昔からあの人、メンタルのバランスを崩すことを、人一倍恐れてるようなところがあった。身近な人が心に不調を抱えることが多かった、って言って。そのせいか『この病気は、一度かかったら何年も治らない』『薬を飲んだら副作用が怖い』って」

身近な人が、心に不調を抱える――そう聞いて私は、かつて話してくれたお父さまのことを思い出しました。十五歳という多感な時期に、お父さまを失った君。それが受け止めきれず、しばらく高校に通えなくなってしまったこと。そう打ち明けてくれたときの、途方に暮れた表情。

「十二月のあたまにあの人から、『ちょっと悩み聞いて』ってＬＩＮＥもらって、そんなこと言うの珍しいから、びっくりしてさ。俺たち、十二月は週一くらいで会ってたんだよ。だけど年明けから、急に連絡取れなくなって。心配で、高校の卒業生名簿でご実家の電話番号探して、そちらにいませんか、ってお母さまに聞いてさ。それが、一月七日のこと」

淡々と話していたクワの顔が、ふと曇りました。お母さまは「実は私も、連絡が取れなくて心配してるんです」と答えたそうです。

君は元日に、埼玉にあるご実家に帰省したんだってね。けれどその翌日には、一人暮らししている都内のマンションに戻った。

　そこからは一切連絡が取れず、病気のことを聞いていたお母さまは、気になって、君のマンションまで行って、チャイムを鳴らしたそうです。だけど気配がない、電話にも出ない。

　結局クワとお母さまは相談して、管理会社に連絡し、一月十二日に、部屋の鍵を開けてもらったそうです。

「あのときが、一番辛かった。管理会社の人がさ、合鍵でドアを開けてくれて、だけどほんの数センチ開けたところで、すぐに閉めてさ。『ここにいらっしゃいますから、中には入らないでください』って。俺はそれを聞いて、『なあんだ部屋にいたんだ、誰にも会いたくなかっただけか』って思ったんだ。でも、それは、そういう意味じゃなくて――」

　玄関のドアのむこうに君がいて、管理会社の人は、ドアの重さですぐになにが起こったかわかったのだと、それが一昨日のことなんだと、クワは視線を落としたまま言いました。

――私たちは、取り返しがつかないことに慣れてない。

話を聞きながら私は、頭のどこかでぼんやりと、そんなことを考えていました。人生で起こる大抵のことには、なにかしらの解決策がある。これがダメならこうすればいいとか、あとからこうリカバリーしようとか。だから、取り返しがつかないことに不慣れな私の頭は、まるで現実から逃げるみたいに、ほとんど無意識に、解決策を探してしまうのです。

――私も君を食事にでも誘おう、そして君を大事に思ってるって伝えよう。いやそれより、君の部屋に遊びに行ってみようかな、眠れないなら朝まで話をしてもいいし、なにか作って一緒に食べたっていい。そういえば君は、料理もマメにする人だったっけ――。

頭にバグが発生するのです。次から次へとシミュレーションが浮かんでは、一瞬気持ちが明るくなり、それから、君がもういないという事実が追いかけてくるのです。

それが何度もくり返されるのです。

なにをどうしてもすべてが手遅れで、もう元には戻らない。そのことをまさに今説明されているところなのに、次の瞬間にはまた、頭が勝手に方法を探そうとしてしまうのです。

「ますみ？　だいじょうぶ、だいじょうぶ？」

だいじょうぶ、とは言えませんでした。苦しい。取り返しがつかないなんて怖い。ねえ、君は一体なんてことをしたの。じゃあもう二度と会えないんだね？　死んじゃったってことで間違いないんだね？　そんなの酷い。それに腹が立つ。

親しい人が自ら逝ってしまった、と聞いたとき、まず感じるのは悲しみじゃないんだと、私ははじめて知りました。そういう気持ちになるのはもっとずっとあとで、このときの私は、君を理不尽に奪われた混乱と苦しみ、恐怖、戸惑い、どこにもぶつけられない腹立たしさ、そんなものでいっぱいでした。

どうしてこんなことするの。君はとびきり賢いのに、選んだ方法が「死ぬ」ってなに。どんなときも、解決策を考えれば切り抜けられるって、私に教えてくれたのは君だったんじゃないの。

そう思う一方で、頭の片隅ではバグが起きたまま、無益なシミュレーションが、止まることなく続いていました。

私は茫然と、君に一度も食べさせたことがなかった手料理を作ってあげようと、なにを作れば喜ぶかなと、そんなことをくり返し考えていました。

気づけば、仕事の時間が迫っていました。突然の訃報を受けて急きょ会うことにした私たちは、それぞれ、あまり時間がないのでした。

「お通夜が明後日一月十六日、告別式がその翌日。行きたいって人が多くてかなり人数を絞ってるけど、ますみは遺書に名前があったし、希望すれば参列させてもらえると思う」

クワに言われて、私はもたつく頭で、告別式には必ず行く、ということだけをどうにか伝え、一人でタクシーに乗りました。

パタン、とドアが閉まったとたん、おさえようのない心細さが、まるで発作のようにこみ上げました。クワとシゲを残して店を出るのは私の方なのに、置いてけぼりにされるような感覚があったのです。

一人になるのが怖い。もうここから先は自分自身で、君がいないという事実と折り合いをつけていくしかない。でも、どうすればそれができるのか、方法がまったく浮かばない。

泳ぎ方を知らないまま濁流に突き落とされるような、孤独と恐怖、絶望感。体はずっしり重くなり、情けないほどあっけなく、涙が幾筋もこぼれました。ダメだ、情緒不安定になってる。一時間後にはラジオブースに入って、楽しくトークをしなくちゃいけないのに。そう思っても、勝手に君のことが頭に流れ込んできてしまうのです。

君の話は外ではしない、と決めました。少なくともしばらくのあいだは。表面張力で膨らんだコップの水のように、今は、君についてどんな言葉をかけられても、たとえそれが思いやりに満ちたものであったとしても、刺激で感情があふれて、元に戻せなくなってしまう。

心にぎゅっと蓋をして、仕事場に向かいました。いつもと同じように、マイクの前に座りました。笑いながら話すことすらできました。ああよかった、ちゃんと普段と同じにふるまえる。そのときはそう思いました。

でも。

無理に抑え込んだ気持ちは、予想もしないタイミングで、突然あふれ出してしまうのです。

その日、仕事を終えてスタジオの建物を出ると、次の瞬間、悲しいとか辛いとか感じるより先に、もう涙がこぼれて驚きました。早歩きで、直結している駅のホームの端まで行き、電車を待つ人たちに背を向けて、慌てて涙をぬぐいました。

落ち着かなくちゃ。知り合いに見つかったら面倒なことになる、こんなんじゃ電車も乗れない、だから泣いちゃダメだ。

そう言い聞かせるのに、濁流でおぼれる私はもう、浅い呼吸をくり返すだけで精いっぱいなのです。苦しい。この先私は、ずっとこんな痛みを抱えていくのか、そしてそれを誰にも言えないのか――。永遠のように続くだろう「これから」を想像してゾッとしたそのとき、ふいにアイフォンが光りました。

「ますみ、今日はおつかれさま」

それは、クワからのＬＩＮＥでした。

「告別式、正式に参列の了承をもらったよ。当日は待ち合わせして、みんなで一緒に行こう」

ああ、と息が洩れました。そのとき感じた気持ちを、なんて呼んだらいいんだろう。クワのＬＩＮＥは私にとって、濁流の中で見つけた、小さな板切れのようでした。

三日後には、告別式がある。そこでなら、なにも気にせず君の話ができる。同じ気持ちを抱える人たちと一緒にすごせる。そしてなにより、君に会える。

呼吸の仕方をやっと思い出した気がしました。告別式に行けるということが、このときの私には、小さな光なのでした。まずは三日間を泳ぎ切ればいい。そう思うと涙は引っ込み、私はようやく電車に乗ることができたのです。

君に会いに

告別式の日。

「久しぶり」

埼玉の田舎町、商店街もない小さな駅。朝早く降り立つと、懐かしい顔が待っていました。君の高校時代の同級生で、私もずっと仲良くしている男友達でした。

「よかった、まにあったんだね！　いつ日本に着いたの？」

「昨日の夜。仕事、なんとか調整できたんだ」

君が、高校時代のなごりで「会長」というあだ名で呼んでいた彼は、海外で暮らしているところを、この日のために急きょ帰国したのです。君が逝ってしまったと聞いて、私が真っ先に連絡したのも、この会長さんでした。

電話で話してはいたけれど、会うのは約一年ぶり。学生時代から印象が変わらない、端正な顔立ちの会長さんの、はじめて見る喪服姿。ラフな服装ばかり知っているからか、真っ黒なジャケットとネクタイはよそよそしくて、まるで見知らぬ大人みたいだと思いました。会えた嬉しさと、お互い喪服を着ている悲しさがごっちゃになって、私たちはただ、弱々しく笑い合いました。

基本的には家族だけという告別式に、ごく親しい友人のみ参列を許可してもらい、七人が集まりました。本数が少ない路線だったこともあり、ほとんど全員が、同じ電車で駅に着いていました。

会場までみんなで歩いて向かいながら、私は、君の君らしさを改めて感じたよ。昔から、君はとにかく友達が多く、そしてとにかく、相手のいいところを見つけるのが上手だった。

君と話していると、しょっちゅう話題にのぼるのは、友達のこと。有名無名に関係なく「すごいやつなんだよ」「本当にかっこよくてさ」と、ことあるごとに親しみを込めてエピソードを聞かせてくれた。友達を語る言葉のはしばしに、好意と尊敬の念が、いつも自然とちりばめられていた。

その影響でしょう、私たちは、たとえはじめて会う相手でも、ちょっと自己紹介し合っただけですぐにピンとくるのです。

「ああ、彼からよく聞いてました。とても面倒見がいいという、あの」

「あなたが、なにを食べてもおいしいというカフェのオーナーさん！」

君が彼らに抱いていた好意が、私にも、そしておそらくは他の人たちの中にも、いつのまにか伝達されているのです。最初から、相手をどこか近しく感じるのです。

「声優だけじゃなくて、今、文章を書く仕事もしてるんでしょ？」

私にそう声をかけてくれたのは、君の大学の同級生でした。

「俺、学生時代にあいつから『ちょっと読んでみてよ』って、ますみさんの書いた歌詞かなにかを、渡されたことがあるんだよ。『センスいいと思わない？』って」

「ええ、そうなの？」

「ごめんね、俺そのときは、よくわかんないって答えた記憶があるんだけど。あいつは『才能あると思うんだ、書く仕事を目指したらいいのに』って、何度も言ってた」

あはは恥ずかしい、あの人ほんと身内びいきだなあ――そう言って笑いながら、本当は、今にも涙がこぼれそうでした。

君は私の知らないところで、そんなふうに信じてくれていたんだね。まだ社会にも出ていない、キャバクラで働く貧乏学生だった私の、ちっとも見通せない将来を。確かに、君に文章を褒められたことはあったけど、私は本気にしてなかった。書くことでお金を稼ぐなんて、無謀すぎて想像さえしたことがなかった。それなのに。

「本とか出してるんでしょ。あいつの予言、当たったね」

ふくよかな顔で笑ってくれた彼の、私に対する優しい気持ちの半分は、きっと生前の君が無意識に手渡してくれたものなんだ。私もあなたのこと聞いてるよ、「大学時代の友達がやってるカイロプラクティックが、とにかくすごくてさ」って。話してくれたときの生き生きとしたまなざしまで、今も鮮明に浮かぶのに。

ふと、前を歩いていたクワが、私たちをふり返りました。

「そういえば、調べてもらった結果、亡くなった日がわかったよ。亡くなったのは、一月四日の明け方だろうって」

言葉が出ませんでした。

ほとんど無意識に、君が見つかるまでの時間を計算していました。クワたちが君の部屋のドアを開けたのが、一月十二日。ということは——八日間。血の気が引いていくのがわかりました。君は、そんなにも長い間、一人きりで冷たくなっていたというの。それが、あんなに友達に囲まれて生きてきた君の、最期の姿なの。

たった今まで思い出していた君との、あまりのギャップ。勝手に想像が膨らみかけて、すぐになにも考えられなくなりました。想像することさえできないくらい、私の経験を超えていたのです。こんなにも深い孤独を感じたのは、はじめてでした。胸のあたりが重たく濁り、沸き起こったのは、怖い、という感情でした。

今から私は、君と対面する。君は、どんな姿をしているんだろう。私が知ってる君なんだろうか、それとも——ああ、足が止まりそうになる。ダメだ、また息が苦しい。

そう思ったとき私たちは、告別式の会場に到着したのです。

中に入ると、十五人ほどのご親族が、すでに着席されていました。

「あの方が、お母さまだよ」

クワに小声で教えられて、喪主の席に向かって頭を下げました。小さく会釈を返してくださったのは、君とおんなじ目をした、とても小柄でほっそりとした女性でした。

君は遅くに生まれた子で、お母さまはもう八十代だと聞いてはいました。それでも実際にお会いすると、憔悴しきった横顔や、今にも消えてしまいそうな薄い肩が、想像よりずっとはかなげで、まっすぐ見つめ返すことはとてもできませんでした。

祭壇には、遺影が置かれていました。君は照れ屋で、あまり大きく笑うタイプではなかったのに、遺影では珍しく満面の笑みを浮かべていて、そしてその顔に、なんだか見覚えがありました。

「ねえクワ。あの写真、見たことない？」

「あれ、最後のフェイスブックに載ってた写真。ゴルフコンペで優勝して、賞品のエアコン抱えて喜んでるとこ」

ああ、あの写真か！　ちょうど前日、君のフェイスブックをさかのぼったところだったので、すぐにピンときました。遺影に使う写真って、確かに笑ったものを選ぶことが多いけれど、このとき君が考えていたことは「エアコンもらった、やったあ」なのか。

なんだか可笑しくて、でも、急いで写真を用意したのだろうお母さまを思うと切なくて、とほほ、という気持ちになりました。ねえ君、突然逝っちゃったもんだから、遺影、エアコンやったあ写真だよ。エアコンだけ加工技術で綺麗に消してあって、なんだかシチュエーションコメディみたいだよ。

笑ったつもりだったのに、涙が勝手にこぼれてしまって、クワはそっと目をそらしてくれました。仕方がないので前を向いたまま、小さな声で言いました。

「本人がここにいたら、苦笑いして、皮肉のひとつも言ってたね」

「うん。俺もほんと、そう思う」

君の最後のフェイスブック、エアコンを抱えた写真は、亡くなる半年前、二〇一八年七月に更新されたものだったね。設置費込みでエアコンを贈呈された、ちょうどほしかったのだと、君らしい簡潔な文章で、でもとても嬉しそうに綴られていました。その場のにぎやかな声が、聞こえてきそうな投稿でした。

　これが遺影になるとも知らずに笑う君は、電話をかけたらつながりそうで、今からでも起こったことを変えられるんじゃ、という妄想に囚われました。二〇一八年七月のフェイスブックの日付は、一日ごとに過去へと遠ざかり、私たちの距離はこれからもどんどん離れていく。いつか私は写真を見ても、君の声すら思い出せなくなるのでしょう。

　ふいにアナウンスが流れ、会場に僧侶の方が入ってきました。告別式がはじまったのです。

　式は、粛々と進みました。

読経に、焼香、弔電の読み上げ。過去に四人の祖父母を見送っているので、私も告別式は経験がありました。でも、九十歳近くまで生きた祖父母と、自ら逝ってしまった君とでは、式に参列するこちら側の気持ちがまったく違うのです。「どうして」という思いが消えず、心の置き場が見つけられない。亡くなったことを受け止めきれないまま、気持ちがぐるぐるとさまようのです。

「では、ここからは、お別れの儀に移らせていただきます」

ハッとしました。ついに来てしまった。「お別れの儀」は、祭壇から降ろしたお棺をみんなで囲んで、花などを入れる儀式。つまり、君と対面することになるのです。

――怖い。

会場に着く前に感じた孤独が、全身に広がっていきました。君に会いたくてここに来たのに、それは間違いないのに、体が固まったようになって、動くことができませんでした。

――君は、亡くなってから八日間、一人きりだった。

考えないようにしようと思っても、その事実が頭から離れないのです。どんな君でも受け入れるんだ、私にそれができなくてどうするんだと、何度も自分に言い聞かせるのに、降ろされたお棺を、すぐには見ることができませんでした。

それでも、ゆっくりゆっくり視線を上げ、君の顔におそるおそる目をやりました。そして私は思わず、詰めていた息をふーっと大きく吐き出しました。ああ、と声が出てしまいそうでした。

――ああよかった。私が知ってる君だ。

そこに横たわっていたのは、生前の印象そのままの、いつもの君でした。どこか寝入りばなの表情にも似た、真剣な印象の目元、口元。どんな苦しみも、悲しみも、その顔からは読み取れませんでした。よく見ると君の肌は、私が知っているよりワントーン暗く、ファンデーションなのか、なにかが丁寧に塗られているのがわかりました。首元は柔らかそうな布で、優しく隠されていました。

――ありがとう。

私は、君をこうしてくれた人に、そう伝えたいと思いました。納棺師さんか、葬儀会社の人かわからないけど、面識もない誰かが、私たちのために手を尽くして、君を生前に近い姿にしてくれた。それはなんて優しい作業だろう。

「今からお花をお渡しします。どうか、お棺に入れて差し上げてください」

係の人に声をかけられて、みんなで君のお棺を囲みました。

あふれそうなくらいお花を入れたら、暗かった君の肌が、少しだけ明るくなったように見えました。花に囲まれた君はなんだかキュートで、そっと手を伸ばして、頬に触れてみました。

――冷たい。

わかっていたことなのに、改めてショックを受けてしまう自分が嫌でした。涙が君に落ちないよう、慌ててお棺から離れました。

そのとき、横たわる君の足元に、見慣れないものを見つけました。三十センチほどの背丈のぬいぐるみ。くりくりとした目のオランウータンが、君の両足のあいだに、顔の方を向いて座っているのです。

「そばにいてあげてね。ひとりぼっちで寂しくないように」

目を離せないでいる私の前で、お母さまがそう言って、オランウータンの頭をなでました。「頼むわね」「ついてってあげて、お願いね」そこに、他のご親族の声が重なりました。君の足元で、オランウータンはただ、人懐っこい笑みを浮かべていました。

――ねえ。君が決めたことは、とても残酷な選択だったんじゃない？

私は、目の前に横たわる君に、ふいにそう問いかけたくなりました。

友達という関係なら、四十代の君のお棺にぬいぐるみを入れようとは、思わない。このぬいぐるみを入れた人にとって君は、きっといくつになっても、かわいい男の子のままなんだよ。その人とこんな形で別れることを、どうして選んでしまったの――。

お別れの儀の最後は、喪主であるお母さまからのご挨拶でした。お母さまは立ち上がると、静かに話し始めました。

「この子は子供のころから、とにかく友達が多い子でした」

遠くに思いを馳せるようなまなざしで、お母さまは、君との思い出を語ってくださいました。それは、ひとつひとつがとても色鮮やかなものでした。
「こんなによく泣く子ははじめてだ」と言われた、幼稚園時代。友達を山ほど家に連れてきた、小中学校時代。学校の先生からも、ご親戚や近所の人たちからも、とても可愛がられたこと。勉強はさほど熱心にはしなかったこと。音楽やスポーツを愛したこと。

話を聞きながら私は、告別式会場の入り口に飾ってあった、君の写真を思い浮かべました。大きすぎるランドセルを背負って、困ったようにこちらを見つめる幼い君。運動会で走る姿。修学旅行と思われる、友達とはしゃぐ笑顔。君の人生の、一コマ一コマ。

「自ら逝ってしまうなんて、本当に、なんてことしてくれたんだと思います。でもきっと、本人もとても苦しんだと思うんです。ですから――」

お母さまは、小さな体を折り畳むようにして、最後は深々と頭を下げました。

「ですから、みなさんどうか、この子を許してやってください」

予想もしなかった一言。言葉が出ない私の前で、お母さまはしばらくそうして、頭を垂れていらっしゃいました。

この子を許してやってください

式がすべて終わり、火葬場へと移動するバスに乗っても、お母さまの言葉はずっと頭から離れませんでした。

「この子を許してやってください」

確かに私は心の中で、何度も君を責めている。君が逝ってしまったことを、否定してばかりいる——。

そのときクワが、前の席から、二つ折りになった紙を手渡してくれました。

「これ、あの人の遺書。警察から戻ってきたから、お母さまの許可をとって全部コピーしてきたんだ」

私は、そこではじめて遺書の全文を読みました。

君は一体、いつごろこれを書いたんだろう。私はこんなにも、親愛と絶望が入り混じった文章を読んだことがないよ。

ノート四ページにわたってぎっしりと書かれた遺書は、お母さま、お姉さま、六人の友達、会社のみなさん、という個別のメッセージがほとんどだったね。感謝の気持ちと、それぞれに対する尊敬の念や深い思いが、相手に合わせて違う表現で書かれていました。君にとってその人たちがどれだけ大切か、はしばしから滲み出ている文章でした。

　印象的だったのは、あちこちに書き連ねられた、自死を詫びる言葉です。例えばお母さまへのメッセージは、「本当に本当に本当にごめんなさい」という言葉からはじまっていました。

「こんな形でお別れしてごめんなさい」

「許してくれないと思うけど、どうか許してほしい」

「本当に申し訳ありません」

「自分自身のわがままのみでお別れしてしまうことをお許しください」

「無責任でごめんなさい」

　くり返される、謝罪。君が謝れば謝るほど、自分を責めれば責めるほど、そして、私たちを大事に思っていると言葉を重ねれば重ねるほど、それでもこの方法しか選べなかったのだという事実が、くっきりと浮かび上がって迫ってくるように思えました。身じろぎもできずに、私はただ君の言葉を目で追い続けました。

遺書の最後には、こう書かれていました。

「この身体の不調が嘘であってほしい。なにかの冗談で、明日起きたらなんでもなかったかのように、また平凡な日々がはじまってほしいと切に願うけど、それはきっと叶わぬことでしょう」

ところどころよれた文字で、走り書きされた言葉。私にはその一文字いちもじが、「死にたい。でも死にたくない」そう叫んでいるように思えました。一人きりで葛藤する、痛々しいほどの君の姿がそこにはありました。

――もしかして私は、なにか勘違いしているのかもしれない。

ふいに、そんな気持ちが芽生えました。

君が自ら逝ってしまったと知った日から私は、ただ苦しくて、寂しくて、その原因を作った君を「どうしてこんなことしたの」「なぜ私を苦しめるの」と、心の中で責めていた。自殺は悪いことで、君は身勝手にその方法を選んでしまった人。どこかそんなふうに捉えていた。

でも、本当はそうじゃないのかもしれない。

鬱になったことがない私は、君の気持ちをなにひとつわかっていないのかもしれない。鬱病に囚われた人の「死にたい」という衝動は、私が想像しているものとは、まったく違うのかもしれない。病気の発作のように、自分自身では抗えないものなのかもしれない――。

「ますみ」

ふいに、名前を呼ばれました。顔をあげると、隣の座席にいたシゲが、私になにかを差し出しました。

「これ、あいつのスマホ。中に入ってるメモアプリに、鬱のことや、そのときの考えなんかがたくさん書いてあるんだ」

「え、見ていいの？　どうして」

「お姉さまが、今日のために持ってきてくれたんだ。よかったら読んでやってくださいって。俺も、クワたちも、辛くてほとんど読めてないんだけど」
アイフォンを受け取り、メモアプリをタップして、ドキッとしました。なぜならそこには、生々しすぎるほどの言葉が綴られていたから。

誰かに読まれることを前提に書かれた遺書と違って、メモに遺されていたのは、独り言のような文章でした。一文で終わっているものもあれば、スクロールが必要なほど、びっしり書かれたページもありました。休職願いの下書きや、箇条書きにされた君の気持ち。中には、なにについて書いてあるのか、わからないようなものまでありました。

別のアプリには、半月分の日記も残されていました。休職する数日前から、亡くなる三日前まで、毎日綴られていました。君の声で吹き込まれた、何本かの音声データもありました。

――これがあれば、君の気持ちがわかるかもしれない。

私はそのすべてを、自分のアイフォンに転送することにしました。ひとりになってから読み返して、じっくり考えたかったのです。

君は私がメモを読むこと、望んでいるだろうか。わからない。でも、もし君が今ここにいたら、ちょっと苦笑いでもして「それでますみの気がすむんなら、まあいいよ」と許してくれそうな気もしました。

ときどき涙をぬぐいながら、コピーアンドペーストをくり返しました。すべてを転送し終えたころ、バスは火葬場に到着したのです。

郊外に建てられた火葬場は、天井が高く開放感があって、晴れた冬の空がよく見えました。なにも知らなければ文化施設かと思うような、穏やかで気持ちのいい場所でした。

私たちは小部屋に通され、そこで君と、最後のお別れをすることになりました。このあと君は焼かれ、骨になるのです。

係の人が静かに、お棺についた小さな扉を開けました。

「では、どうか順番に、故人様とお別れをなさってください」

まずは親族のみなさんから、君のお棺を囲みました。最初にお別れをするのは、お母さまでした。

お母さまはなにも言わず、君の顔をじっと見つめました。その目からはあっというまに涙があふれ、お母さまはお棺の端をパシッと叩きました。

「もう……！」

思わず出たといった感じの、短い声。そこに、一体どれだけの思いが詰まっているんだろう。息を飲む私の前で、お母さまは慈しむようなまなざしになり、君に優しく声をかけました。

「お母さんも、あとちょっとでそっちにいくから、待っててね」

八十代のお母さまの、細い肩。お母さまの人生が本当に「あとちょっと」なのだとしたら、どうしてこんなふうに、その「あとちょっと」がすべて悲しみで埋め尽くされるような思いをしなくてはならないんだろう。それでもどうして「この子を許してやってください」と、私たちに頭を下げたんだろう——。

私の番が来ました。

もうこれを最後に、この目で君を見ることは二度とできない。だからなにもかもしっかり覚えておかなくちゃ。そう言い聞かせるのに実感が湧かなくて、私はまた会えるような気持ちのまま、君のそばに立ちました。

「……またね。ありがとうね」

出てきた言葉は、それだけでした。出会ってから二十三年間、会いたいと思えばいつでも会えた君と、これが最後だなんて、だからお別れをしろなんて、どうしてもよくわかりませんでした。

——ありがとう。君は、貧しさや惨めさに囚われていた私に、明るくて温かいものをたくさんくれました。大学生活を思い出したとき、今も胸の中が光でいっぱいになるのは、間違いなく君がいたからだよ。

心の中でそう伝えたところで、時間が来てしまいました。君のお棺は滑るように、分厚い扉の奥へと吸い込まれていきました。

ガシャン。

大きな音をたてて、私たちを隔てる扉が閉まりました。なにかを思う間もないほどあっというまでした。

扉のむこうから、君を包む炎の音が聞こえたような気がしました。

火葬のあいだ、私たちは待合室に通されました。畳敷きの部屋には長テーブルが並べられ、お弁当が用意されていました。

「はー、悲しかった！」

席について、最初に洩れたのはそんな言葉でした。朝からずっと心が張りつめていたので、光が差し込む明るい部屋でみんなでお昼を囲むのは、気持ちがほぐれる出来事だったのです。

それは他の人たちも同じだったようで、待合室は、あちこちで和気あいあいとした会話が交わされ、にぎやかになりました。

私は、そこではじめて君のお母さまに直接ご挨拶をしたよ。

「ずっと仲良くしてもらっていました、あさのです」

「今日は朝早くから、あの子のために、本当にありがとうございます」

お母さまは、深々と頭を下げてくださいました。学生時代、君から話を聞くたびくり返し思い描いた人と、実際に対面して話をするなんて、なんだか不思議な感じがしました。

こちらのペースにそっと寄り添うような、穏やかな物腰。お母さまは、目元が君とそっくりだけど、もっと似ているところがあると話をしていて気づきました。いくつか言葉を交わしたあと、君と学生時代にお付き合いしていたと告げると、こうおっしゃったのです。

「ああ、そうだったのね。私はてっきり、あの子が最近までお付き合いしていた方かと思ってお話ししてたわ。あなたは、メッセージに名前があった、ますみさんなのね」

　君は遺書に、鬱になった理由のひとつとして、「プライベートでの別れと、仕事での役割が増えたこと」って書いたでしょ。実際の元彼女は、すでに疎遠になっていたこともあり告別式には来ませんでしたが、その、別れた相手が私だと、勘違いしていたとおっしゃるのです。

　お母さまの冷静さに、驚きました。だって私のことを、鬱の理由のひとつになった相手だと勘違いしていても、ただの一度も非難めいた言葉を口にしなかったから。ああこの冷静さには覚えがある、そう思いました。

　君の会社についても、

「親戚からは、『あの子になにしてくれたんですか！』って、会社に怒鳴り込みなさいって言われたけど……それは違うんじゃないかと、私自身は感じています。遺書の中でもあの子、会社が好きだとくり返してますし」

お母さまは、君も、君以外の誰かも責めることなく、埋めようのない喪失感をどうにか受け止めようとしている。そういうところが、切ないくらい君と似ていると思ったのです。

お弁当を囲みながら、君の友達とも話をしました。

「あいつは学生のころから、繊細で、ときどき内に籠ることがあった」

君の大学の同級生にそう言われて、思わず箸が止まりました。私が知っている君は社交的で、確かに繊細な一面はあったけど、「内に籠る」なんて印象を持ったことはなかったから。

「あいつが、ますみさんのあとに付き合った子は、俺の友達でもあるんだけど、彼女もときどき心に不調を抱えちゃうことがあって。お互いのそういうとこを補い合いながら、一緒にいたって印象だったな」

――そうだったのか。

私が知らない、君の姿。人は多面的な生き物だというけれど、あのころ、あんなに密に一緒にいたのに、友達からは見えていて、私には見えていない一面があった。それはもしかして「見えていない」んじゃなく、「見えているのに認識できなかった」んじゃないだろうか――。

こつん、と心に引っかかるものがありました。

私はそっと席を立ち、長い廊下のむこうの、君が火葬されている場所まで行ってみました。扉の前には遺影が置かれていて、他に人の姿はなく、奥からは炎なのか、ごうごうという音がかすかに聞こえてきました。

その場所で私は、君と別れた十九歳の冬を思い出していました。

はじまりは、些細な出来事でした。君と、小さな喧嘩をしたのです。今となっては理由さえ思い出せないような、ちょっとした行き違い。いくつかギスギスした言葉を投げ合ったあと、君はこう言いました。

「一人になりたい」

それが、距離を置きたいという意味ではなく、別れたいということなのだと気づいて驚きました。あまりにいきなりすぎたのです。君と付き合って、一年と数ヶ月が過ぎていました。

君は私に、何度も理由を説明しました。

「誰かとずっと一緒にいると、気持ちが追い詰められて、一人になりたくなることがある」

「嫌いになったって意味じゃない」

「喧嘩したから言ってるんじゃなく、ちょっと前から考えてたんだ」

けれどそのときの私は、君の話を少しも受け止められませんでした。好きな人に突然別れを告げられたショックで、頭がいっぱいだったのです。

「どうして？　だって別に、毎日一緒にいるわけじゃないのに。追い詰めたことなんてないのに」

話し合いは噛み合わないまま、明け方まで続きました。やがて、ボロボロと泣きながら、私はやっとの思いで言いました。

「別れたいってことはわかった。受け入れる。でも、恋愛関係じゃなくなっても、君という人が好きだから、私の人生からいなくならないで。ときどきでいい、どんなふうに暮らしているか知らせて」

君は苦しそうな顔のまま、ただこくりと頷いたのです。

このことはずっと、私の人生の「思い出したくないことランキング」上位にランクインしていました。別れたいと言っている相手にそんな申し出は重すぎるし、必死に食い下がった自分が、みっともなくて嫌だったのです。

君との別れを第三者に話すと、

「他に好きな人でもできたんだよ。正直に言わなかっただけだよ」

などと分析されました。最初のころは、君は嘘なんかつかない、と思っていた私も、時間が経って記憶が薄れるにつれ、理由はわからないけど心が離れちゃったんだ、それがすべてなんだ、という受け止め方に変わっていきました。

大きすぎる喪失感は、しばらく私を支配しました。君との別れは間違いなく、それまでの人生で一番辛い出来事でした。じくじくとした痛みは長く胸の奥にとどまって、それでも少しずつ薄れていきました。

一年近く経ってから、君は約束どおり連絡をくれたよね。そのころ私は、やっと新しい恋人ができたところでした。

以前のように君と密にすごすことはできなくても、元気だとわかるだけで嬉しい――私はようやく、そう思えるようになっていました。「大切な恋人」だった君は「特別な友達」へと、ゆっくり変わっていったのです。

それから二十年以上、私たちは、ときどき近況を知らせ合ったり、食事に行ったりという関係でした。友達になってからは、付き合っていたときのことは、お互い一切話題にしませんでした。

私は心の中でずっと、「君が連絡をくれるのは、あのときの約束を守ってるだけなのかもしれない」と、小さな不安を抱えていました。そのくせ関係が壊れるのが怖くて、口に出して聞く勇気は一度も持てなかったのです。でも——。

君が最期にくれたメッセージは、まるで、長く私の中にくすぶる疑問に応えるような内容だったね。

「俺のわがままで別れを告げてしまった」

「一緒に青春をすごせて本当に最高だった」

十九歳のあの日、わからないまま蓋をしてしまった別れの理由、あのとき君がどうにか説明しようとした気持ちを、私は今、この場所で、やっと少しだけ理解できた気がします。

君と私はきっと、心の形や強度が違っていた。そしてそのことを、私はわかっていなかった。

私たちは価値観が似ていました。だからこそ心の形も似ているはずだ、感じたことが心に及ぼす影響も同じだと、私は安易にそう思っていました。でも、本当はそうじゃなかった。君の心の柔らかい部分や、人とは違う受け止め方、感じ方。そういうものを理解していなかった私は、おそらくさまざまな場面で、君を苦しめてしまったんだね。

謝りたい。今までそうしてきたみたいに、私の話を聞いてほしいし、君の言葉を聞きたい。でも、もう遅い。君のメッセージへの返事は、永遠に伝えられない。どんなに望んでも、それは決して叶わないんだ。

君が骨になっていく音を聞きながら、私はしばらくそこで、開かない扉をただぼんやり見つめていました。

遺された声

一時間半ほど経ったところで、私たちは係の方に呼ばれました。火葬が終わり、次は二人一組で箸を使って骨を骨壺に入れてゆく、「お骨揚げ」をするのです。

案内された部屋に入ると、つるんとした銀色の台の上に、ところどころ砕けて粉になった、君の骨が置かれていました。それはもはや「これは君なんだ」と何度言い聞かせてもピンとこないほど、君とはかけ離れた形をしていました。

頭の骨を見たとき、ふいに浮かんだ言葉がありました。

「東京より日本より、頭の中の方が広い」

君の頭に詰まっていた、たくさんの知識、いくつもの言語、生きてきた時間、聡明さや強さ、そして苦しみ。それらはみんな、どこへ行ってしまったんだろう。君を追い詰めた憂鬱も、跡形もなく消えてしまった。死を選ばせるほど、強い力を持っていたというのに。

君の骨は、大きなかけらがいくつもありました。お年寄りの骨はもろくて、火葬すると粉々になると聞いたことがあるから、君の体はこんなに骨が残るほど、若くて健康だったんだ。そう思ったらまた視界がゆがんで、私は慌てて涙をぬぐいました。

箸でつまみあげた骨は、あっと声が出そうなくらい軽く、サクサクと乾いた音がしました。何度か順番が回ってきたのち、とうとう君のすべては小さな骨壺に納まり、お母さまの腕に抱かれたのでした。

「わ、めちゃくちゃ晴れてる」

なにもかも終わって会場を出ると、驚くほど澄んだ青空が広がっていました。一月とは思えない暖かさで、たくさん泣いてむくんだ目に、染み入るような青でした。

少し歩きたい。そう思っていたら誰かが「駅まで歩こうか」と言ってくれました。友人代表として参列した私たち七人は、ぽつぽつと言葉を交わしながら、みんなで駅を目指しました。

空が、本当に綺麗でした。

君の訃報を知った日も、詳細を聞くためにクワやシゲに会った日も、告別式の今日だって、君に関わる日は、なぜだかいつも晴れている。もしかして君がどこかで、「いろいろごめん」って言ってるのかな——そこまで考えたところで、思わず足が止まりました。自分の発想にゾッとしたのです。

——ああ今、私、君の形を変えようとしてた。

私はほとんど無意識に、もの言わぬ存在になった君に、勝手な解釈をのせていました。本当は、ただの個人的な考えや願望にすぎないのに。

これはよくない変化のはじまりだ、と思いました。

「いや、ますみ、それは俺の意見じゃないよ」

そんなふうに訂正してくれる君は、もういない。きっとここから先、こういうことはどんどん増えていくんだろう。私は君を思うたび、君との思い出をなぞるたび、無自覚に自分に都合のいい解釈を混ぜこんでしまうだろう。そうして私の中の君は少しずつ、元の姿から遠のいてしまう。その過程を想像すると、心がきゅっと冷たくなりました。

早くしなくちゃ。

私がまだ「そうじゃない」と軌道修正できるうちに、君のことをもっと知りたい、そしてその上で、思ったことをどこかに書き留めておきたい。時間が経てば経つほど、私はきっと君の情報に、勝手にバイアスをかけてしまう。だから早く、今のうちに、早く。

「明日、お母さまとお姉さまで、遺品整理をするんだって」

そのとき、少し前を歩いていたクワが、ふり返って声をかけてくれました。

「一人暮らしのあの人のマンション、まだまったく片づけられてないらしくて。でも、会社が借りてる部屋だから、ずっとそのままってわけにもいかないんだって。俺は明日、手伝いに行くつもり」

「私も行く。仕事のあとに駆けつける」

迷わず答えました。ぜひやらせてほしいと思いました。シゲと、会長さんも手伝うと名乗り出て、クワの奥さんを入れた五人が、遺品整理をすることになりました。

明日もまた、みんなに会える。そして、君が暮らしていた部屋に行ける。そのことにどこか安堵しながら、私は帰路についたのでした。

一人になって真っ先にしたこと、それは、もらってきた君のメモや日記、遺書、音声データの整理でした。

少なからず後ろめたさを感じながら、私はそれらを開きました。

遺書であれば、君が私たちに読ませるために書き遺したものと、はっきりしている。でもそれ以外のものは、はたしてこうして見られることを望んでいたのか、仮に望んでいたとしても、その相手が、家族でも恋人でもない私でいいのか、わからないからです。

友人の中では、君が遺したものを全部もらってきたのは、私一人でした。

私は、ただ自分が楽になりたい一心で、君のプライバシーを侵そうとしているんじゃないだろうか。「気持ちを知りたい」という願い自体が、単なる好奇心にすぎないんじゃないか。君がここにいたらなんて答えるだろう。何度かシミュレーションしてみる。「いいよ」って言ってくれそうな気もする。だけど。

答えの出ない葛藤が頭をめぐります。それをどうにか押しのけて、まずは、君の音声データを聞いてみることにしました。

再生ボタンを押し、アイフォンに耳を押しつけました。そして次の瞬間私は、動けなくなってしまいました。

「三時になったら、いち、に、さん、し。三時になったら、いち、に、さん、し。三時になったら、いち、に、さん、し――」

聞こえてきたのは、抑揚のない声で同じフレーズをくり返す、君の声でした。

半ばつぶやくような言い方で、ひたすら続く言葉。ゆっくりと静かな、暗示にも聞こえる声。聞き続けていると、なんだか取り込まれてしまいそうな――。

思わず、途中で停止ボタンを押しました。

なに、これ。一体どういう音声……？

真っ先に浮かんだ想像は、恐ろしくて、すぐには直視できないものでした。ああこれは、やっぱりつまびらかにするべきじゃないのかもしれない――。私は、告別式のあとに回ってきた、君のアイフォンを思い出していました。

インターネットに接続したとき、検索履歴がたくさん残っていることに気づいてしまったのです。そのうちのいくつかは、死ぬ方法を調べたものでした。縊死を試みたとき、人の体はどうなるのか。仮に失敗したら、なにが待っているのか。

縊死というと、強い苦痛をともなう印象があるけれど、実は、五秒と経たないうちに意識が飛んで、苦しまずに逝く――真偽はわからないけれど、そんなことが書かれたページも、中にはありました。

三時になったら、いち、に、さん、し。

もしかしてこれは、いち、に、さん、し、と数えるあいだに、意識がなくなってしまうという意味なんだろうか。だから怖がらずに踏み出してしまえ、そういうことなんだろうか。三時。今日クワが教えてくれたじゃないか、君は明け方に逝ってしまったって。

　アイフォンを握りしめたまま、途方に暮れました。君の声にゾッとしてしまった自分に、嫌悪がこみ上げました。なんて身勝手なんだろう、知ると決めてもらってきたくせに。

　三時になったら、いち、に、さん、し。

　懐かしいはずの声が、生々しく耳の奥にとどまって離れない。明け方、電気もつけない薄暗い部屋で一人きり、背中を丸めて死を思う姿が一瞬見えた気がして、背筋が震えました。

　いや、ここでひるんではいけない。私は、気持ちを無理やり押さえつけて、今度はメモをいくつか、ランダムに開けてみました。

「昨日は0分だったから　一分でも寝れれば今日は目標達成」

　飛び込んできたのは、真っ白いページにたった一行だけ、ぽつんと書かれた言葉。酷い睡眠障害に苦しんでいたという君の、赤裸々な声でした。

「睡眠薬に頼って眠れた。やはり副作用はある。

昨日は、眠れなくて辛い。今日は、眠れたけど眠い」

「先生は、夜眠れないで死んだ人はいないと言ったけど、本当だろうか？」

「これ以上生きていくのは地獄だ。もう眠れない夜を越せない」

「明け方に終わりにしよう。遺書も書いた」

「うつに負けました　逝こう」

ああ、ダメだ――。

急いでメモを閉じました。読んでいられない、そう思ったのです。君が遺書には書かなかった、悩みや葛藤、偽りのない本音、ネガティブな気持ち。それをこうして覗き見たからって、一体なんになるというのだろう。君の苦しむ姿が、よりリアルに浮かぶだけじゃないか。

――ごめん。君の苦しみに、勝手に触れてごめんなさい。

自分の愚かさを悔やみました。データなんてもらってくるべきじゃなかった。まだ読んでいない部分はたくさんあるけど、もう開けない方がいい。心の中で何度も君に謝って、私は早々にアイフォンの電源を落としたのです。

翌日は、朝から吹き替えの仕事でした。人が次々と殺される、サスペンスものの海外ドラマ。長く演じてきたシリーズなのに、君を見送ったあとに見ると、ドラマの中の「死」の場面が、胸に突き刺さるように感じられることに驚きました。昨日の君の顔、お母さまや友人たちの涙、君が遺した言葉、そして骨。そういうものが、代わるがわるフラッシュバックするのです。

このあと遺品整理に向かう私は、ダウンコートにスニーカーにデニムという、いつもより格段にラフな格好でした。周りの人に服装をいじられるたび、「カジュアル路線に切り替えました」なんて笑いながら、登場人物が死に怯える場面では、思わず目を伏せました。

――ああ、サスペンスドラマでは、死の「その後」は描かれないんだ。

恐怖をあおる効果音や、叫び声。ドラマでセンセーショナルに取り上げられるのはいつだって、一人の人間が死ぬまでの場面。けれど実際には、誰かが亡くなると、「死ぬまで」とは比べものにならないほど長い、暗く静かな「その後」がある。遺された家族や友人は、簡単に抜け出すこともできずに、いつまでも終わらない「その後」を生き続けるんだ。

そこまで考えて、ふいに悲しくなりました。それでもいつか私は、この気持ちさえきっと乗り越えてしまうんだと思ったのです。

今はこうして、君を失った痛みを必死で抑え込もうとしているけれど、そのうち君の話をしても、君を思い出しても、涙すら出なくなる日が来てしまう。そういう自分を突然、とても野蛮に感じたのです。

心は相変わらず不安定で、いろいろな映像やセリフに刺激されて、絶えずアップダウンをくり返します。ふいに、君の友達がフェイスブックに寄せた英語のメッセージが頭に浮かびました。

「私はかつて夫を亡くしたことがあるけれど、友人を亡くした場合、日々の暮らしは変わらず続けていかなくてはいけません。それがどれだけ辛いことか、君を失ってはじめて知りました」

本当にそうだ、と思いました。誰にも話せないまま続いてゆく、いつもと同じ暮らし。スタジオのモニターの中では、センセーショナルに人を焼き殺した学生たちが、なにもかも忘れてしまおうと、お酒をあおって踊っていました。

君だけがいない部屋

「おーい、ますみ」

　君の部屋の最寄り駅に着くと、クワが改札で待っていてくれました。あれだよ、と指された先にあったのは、駅の目の前の、立派なタワーマンションでした。

「なにこの見事なロケーション。めちゃくちゃ素敵なマンションじゃん」

「ほんとだよね。便利な立地なのに静かだし、自然もあるし。俺、一生こんなとこ住めないよ」

　私たちは、明るく言葉を交わしながらマンションまで向かいました。遺品整理でしんみりしてはいけない。私は自分にそう言い聞かせていました。きっとクワも、同じようなことを考えていたと思います。これから私たちは、君が八日間も一人で冷たくなっていた部屋で、君が遺したものを一つひとつ片づけるのです。テンション高く取り組まなければ、途中で動けなくなってしまいそうでした。

「あ、大型スーパーだ。マンションから歩いて一、二分なんだね。きっと買い物はここだったんだね」

「うん。でも――鬱が重くなってからは、このスーパーまでも出かけられなくなって、食材は宅配してもらってたみたいだけど」

クワの言葉に、返事ができませんでした。

君のことがあってから私は、鬱について書かれた本を何冊も読んでいました。その中で、鬱というのは気持ちだけじゃなく、体にもたくさんの症状が出るものなのだと知りました。頭痛や息苦しさ、腹痛や倦怠感――。けれど、実際にマンションからスーパーまでの距離を目にすると、こんなに近くまでも行けなくなってしまうのかと、改めて胸を突かれたのです。

「こんにちは」

君の部屋のドアを開けると、クワの奥さんのカナさんや、君のお母さま、お姉さまが、笑顔で迎えてくれました。

「あ、ますみさん」

「お仕事のあとに、ありがとうございますね。よろしくお願いします」

「はい、こちらこそ、よろしくお願いします！」

意識して明るい声で答えました。けれど内心、こう考えずにはいられませんでした。

——君が亡くなったのは、この玄関なんだ。

今私が立っている、まさにこの場所。そっと視線を上げると、分厚いドアの上部に設置された、ドアクローザーの太い金具が見えました。ああもし今ここに誰もいなかったら、手を伸ばして、君が選んだこの場所をさすってあげたい——突然強い衝動が沸き起こり、そういう思いに駆られる自分が、自分でも驚きでした。

手つかずだと事前に聞いていたとおり、君の部屋は、家具も私物もまるごと置いてあって、生活感があちこちから感じられました。その反面、亡くなったときの痕跡のようなものは、床にも、壁にも、ドアにも、なにひとつ見当たりませんでした。よかった。きっと誰かが片づけてくれたんだ。内心覚悟していた私はどこかホッとしながら中に入って、そして次の瞬間、思わず足が止まりました。

——なんだろう、このにおい。これ——腐臭だ。

鼻の奥を刺激する、ツンとしたにおい。吐しゃ物の臭気にも似た、嫌な香り。玄関のドアを閉めたとたん、それが部屋に充満していることに気づいたのです。

このにおいどうしたの、などと口にすることは、とてもできませんでした。聞かなくても、答えはわかり切っていると思いました。あっというまに嫌な想像が頭に広がり、私はそれを押し戻したくて、わざと元気な声をあげました。

「じゃあ私、どこを担当しましょうか」

こうして、人生ではじめての遺品整理がはじまったのです。

遺品整理は、思っていた以上に大変でした。

なにしろ、持ち主である君がいないのです。大事なものとそうじゃないもの、捨てていい書類と必要な書類など、一つひとつ謎解きのように推理していくしかありません。私たち友人は、どこまで行っても「他人」という立場なので、多種多様なカード類や、膨大な書類は、親族であるお母さまとお姉さまの担当になりました。

「じゃあ、書類関係が出てきたら、とにかくこのテーブルに集めますね」

「お願いします。ありがとう」

窓辺のソファーに座り、眼鏡をかけて、背中を丸めて書類に目を通すお母さま。その小さな肩を包み込むように、日当たりのいい窓から、優しく光が差していました。一見穏やかなその光景と、やっている作業の寂しさとのギャップが胸に刺さるようで、思わず目を伏せました。

――私たちはみんな、次はいつ集まれるかわからない。だからできるだけ、遺品整理を進めなきゃ。

こんな寂しい作業を、お母さまとお姉さまだけにさせるわけにはいかない。そう思うと、君のものを処分する、ということに対する抵抗感はなくなりました。迷わずどんどん手を動かそうと決めたのです。

「本やＣＤは、業者に買い取ってもらう予定なんだ」

「じゃあ、ひとつにまとめるね」

私は、本棚の担当になりました。

読書家だった君の本棚は意外にも小さく、腰の高さほどのものが、ベッドサイドにひとつあるきりでした。

並べられた本を手に取って、思わず笑ってしまったよ。『はじめてのポルトガル語』。英語、フランス語、中国語を習得して、今度はそこか。ポルトガル語を覚えて、君はどの国に行こうとしてたの？　それとももう、行ったあとだったのかな。行ったあとだったらいいな、と思いました。

その隣には、私も持っている本がありました。『やさしい英語の発音』。すると、横で片づけをしていた会長さんが、

「この本、俺も持ってるよ」

と言い出して、私たちは意気投合しました。

留学経験もないのに、独学で英語を習得し、見事に使いこなす君が眩しくて、私はことあるごとに「どうしたら話せるようになるの」って質問したよね。そのとき薦め

てくれたうちの一冊が、これでした。聞けば会長さんも、まったく同じ経緯で、この本を手に入れたとのことでした。

「あいつは本当にすごいやつなんだよ。俺、台湾に移住してしばらく経ってから、あいつが中国語をはじめたって聞いてさ。勉強をかねて、中国語でブログを書いてるっていうから、覗いてみたことがあるんだけど――」

衝撃だった、と会長さんは言いました。君が、自分と同じかそれ以上に、中国語を使いこなしていたから、と。

「これは絶対負けられない、中国語でくらい、あいつにすごいって言われたい――そう思って、それまで以上に気合い入れて勉強したんだよ」

会長さんは、寂しそうに笑いました。

あのね。君は知らないだろうけど、君の訃報を知らせてから、会長さんは、私に何度も電話をくれたよ。電話のむこうではいつも、嗚咽するほど泣いていたよ。自分の弱さを見せることをことさら避ける会長さんの、そういう姿がどれだけ珍しいか、古い付き合いの君ならわかると思います。

本棚には、私の本もありましたね。私がはじめて書いた児童書。つたなすぎて、自分ではもう読み返さないその本を、君が小さな本棚の中にずっと持っていてくれたこと、はじめて知りました。なにも言わずにそうしてくれるのが、とてもとても君らしい。

ふいに涙があふれました。だってこの部屋には、君だけがいないのです。ここにいると、君に話したいことがあとからあとから湧き上がって、どうしようもなく胸が苦しいのです。言いたいことがあっても、もう言えない。その現実に、私はまだちっとも慣れることができないのです。


片づけ作業は膨大で、段ボールやゴミ袋は、あっというまに足りなくなってしまいました。力仕事は男性たちに任せて、カナさんと私は二人で、近所のスーパーに買い出しに行くことにしました。

君は、いろんな人とすぐに仲良くなって、友達に友達を紹介したり、友達の友達と親しくなったりしてたけど、クワに至っては、奥さんのカナさんとも、妹さんとも仲が良かったんだね。かつて君と一緒に働いていた時期もあるというカナさんは、生前の君から聞いていたとおり、包容力を感じさせる、素朴で温かみのある人でした。

「カナさんは、彼が亡くなる前、何度も会って相談にのってたんでしょ？　私が言うのもへんだけど、どうもありがとう」

鬱と診断されてからの君が、たった一人で苦しんでいたわけではない、という事実は、私にとっても救いでした。そう伝えるとカナさんは、少し困ったような顔で微笑みました。君の話に何度も耳を傾け、君を心配し続けた彼女は、連絡が取れなくなったお正月には、一人でここに来て、君の部屋のチャイムを鳴らしたそうです。

「そういえば、部屋……あのにおいは、ルームクリーニングするまで、やっぱり取れないのかな」

買い出しをしながらいろんな話をする中で、つい気が緩んで、私は君の部屋のにおいに触れてしまいました。カナさんは、一瞬きょとんとした顔でこちらを見ました。

それから、なにかを察したのでしょう、慌てた様子でぶんぶんと手をふりました。

「違う、違うのますみさん。あのにおいは、そういうことではないの」

「え？」

「あれね、お米のにおいなの。実は彼、お米を浸水させたままで逝ってしまったの」

カナさんは教えてくれました。遺品整理のために君の部屋に入ると、亡くなったときの痕跡はすべて片づけられていたけれど、それ以外の部分はそのまま残されていた。炊飯器の中には、約二週間水に浸かった状態のお米が放置されていて、そのにおいが部屋中に広がってしまったのだ、と。

「なあんだ、そうだったのかあ。もう、私はてっきり……」

全身から力が抜けて、笑いたいような泣きたいような、なんとも言えない気持ちになりました。

「だいたい、お米を浸水って。おいしく炊こうとしてるじゃん、これから死のうってときに」

「そうなの。冷蔵庫を開けたら、作り置きのおかずや、これから調理する予定だったらしい食材もたくさん出てきて……だからきっと、本当に、ちょっとした気持ちの変化で、そうなってしまったんだと思う」

「そっかあ」

涙がこぼれそうになって、それ以上はなにも言えませんでした。もしも。もしも君の決断が、些細なことでひっくり返る可能性があるものだったとしたら――。想像するだけで、その取り返しのつかなさ、やるせなさに、叫び出したくなるのでした。

「私ね……」

ふとカナさんが、静かに話し始めました。

「彼に体の不調を相談されて、気功の先生を紹介したの。私もお世話になってる人で、体が少しでも楽になればって、それだけだったの。でも……」

穏やかだったカナさんの声は、途中から震えだしました。

「でも、その先生が……どうやら、『抗うつ剤なんて飲むな』『薬はやめた方がいい』って言ってたらしくて……もし、そのせいで……その言葉のせいで、彼が……薬を飲まずに逝ってしまったんだとしたら、私……」

大粒の涙がいくつもこぼれて、カナさんはついに立ち止まり、うつむいてしまいました。

――なにか言わなきゃ。

私は必死に言葉を探しました。カナさんの涙を止められるような言葉をかけたい、と思いました。けれど、見つからないのです。いつもならこんなときちゃんと言うべきことが浮かぶのに、まるで喉の奥が張りついたみたいに、どんなささやかな慰めすら、ひとつも口にすることができないのです。

カナさんのせいじゃないよ。その先生のせいでもないよ。そう言えたらいいのに、あったかもしれない未来を、頭が勝手に想像してしまうのです。想像の中の世界があまりに魅力的で、どうしようもなく心が引っ張られてしまうのです。優しいカナさんを楽にしてあげたい。ここでなにを言ったって、もう君は戻らない。わかっているのに、どうしても、どうしても言えないのです。

「ママ、かえろー」

「はやくはやく」

太陽はいつのまにか西に傾き、スーパーの前の遊歩道は親子連れでにぎわっていました。子供たちの明るい声を遠くに聞きながら、私はなすすべもなく、ただカナさんの肩を黙ってさすり続けました。

遺品整理ハイ

遺品整理は、三日間かけて行われました。

やらなければならない作業は膨大で、私たちは都度役割分担しながら、協力しあって進めました。

その中でふと私は、自分が「遺品整理ハイ」とでも呼ぶべき、独特のテンションになっていることに気づきました。それが一体どんな状態か、君は想像つく？　不思議に思うかもしれないけど、遺品整理をしているあいだずっと、私は確かにハイになっていたのです。

あの気持ちを、なんて説明したらいいんだろう。

君の部屋にいると、突然横っ面を殴られるような、暴力的ともいえるほどの悲しみに襲われます。例えば君の部屋の壁には、たくさんの写真や絵が、額に入れて飾ってあったよね。

「これ、大事なものみたいだけど……あの子、写真とか絵画に興味なんてあったっけ。なんだか意外」

丁寧に飾られたパネルを手に取って、お姉さまとそんな話をしていたら、隣で片づけをしていたカナさんが、

「ああ、その写真、私が撮ったものなんです」

と教えてくれました。

以前、フィルム写真を勉強していた時期があって、個展を開いたら、君がふらっと見に来てくれた。そして、写真を一枚買ってくれたのだと。

「私自身はその後、写真はやめてしまったんですけど……ずっと、こうして飾ってくれてたんだなあ」

それはまさに、君らしさを象徴するようなエピソードで、その場では「そういうことかあ、納得」なんて笑ったけれど、家に帰ってから、涙が止まらなくて困りました。君がいないという事実が、体が震えるほどに寂しくて、途方に暮れてしまうのです。

でも。その一方で、遺品整理をしているあいだだけは、心から笑ったり、安らいだりすることもまた、できたのです。

多趣味だった君の部屋からは、いろいろなものが見つかりました。ケースに入ったビリヤードのキューや、ゴルフセット。愛用していたギター。

「ますみさん。これ、なんだと思う？」

カナさんに、そう声をかけられたことがありました。見るとそこにあったのは、高さ五十センチほどの、長方形の木製の箱でした。いかにも意味ありげにひとつだけ穴が開いているけれど、一体なにに使うものなのか、皆目わかりませんでした。

「なにかが入ってた、箱？　じゃないよねえ」

「中に弦みたいなものがあるから……楽器、かなあ」

さんざん頭を悩ませ、ひっくり返したり穴を覗きこんだりしたあと、私たちは『楽器　箱みたい』と検索してみました。するとすぐに、目の前の箱と同じ画像がたくさん出てきたのです。それはカホンという名の、腰かけて叩いて演奏する、太鼓のような楽器なのでした。

「もー、なんでこんなマニアックなもの持ってるの」

思わず私が笑うと、カナさんも噴き出しました。「あの人らしいね」「守備範囲広すぎでしょ」そんなことを言い合って笑いながら、お腹のあたりにずっしりと滞留していた悲しみが、わずかながら安らぐのを感じていました。

在りし日の、君の姿。陽気にカホンを叩き、音楽を楽しんでいた時間も確かにあったのだという事実に、なんともいえず癒されるのです。それに、この空間の中でなら、たとえ私が、笑いながら思わず泣いてしまったとしても、誰にも見咎められません。

「あの人がもういないなんて、私今、ほんとに寂しい」

感情を素直に口にできるということ、涙を我慢しなくていいということが、君の死で凝り固まった体を、優しく温めてくれるのです。

遺品整理は、悲しい。けれどこの場所を離れたら、君のことなどなにもなかったかのように、元気な顔を取り繕って暮らさなくてはならない。私にとっては、その方がよっぽど過酷なことなのでした。だからこそ、気の置けない人たちと君の部屋に集まるひと時だけは、感情が一気に解放されて、笑ったり泣いたり、まさに「遺品整理ハイ」と呼びたくなるような、気持ちの波が生まれたのです。

「みなさん、お腹が空いたでしょ。よかったら、なにかとりましょうか」

遺品整理の最中、お母さまが、そう声をかけてくださったことがありました。

「あ、でも……あの子が亡くなった場所で食事するのは、嫌かしら。やっぱり外に食べに行きましょう」

その言葉を全員で「まったく気にしません！」と即座に否定し、私たちは、ピザをとることにしました。

友達とピザを食べるなんて、一体いつぶりだろう。

オーダーし慣れないピザを、みんなでワイワイと選びました。——大きさは？　具の好き嫌いは？　ピザ生地はやっぱりクリスピーだよね。サイドメニューどうする、ハーフアンドハーフもいいね、辛いもの苦手な人いるかな。

いろんな声が飛び交う、君の部屋。それを聞きながら私は、君とピザを食べた学生時代を、思い出していました。

私が、人生で一番一緒に宅配ピザを食べたのは、間違いなく君です。あのころ君が住んでいた廃屋みたいな家は、スーパーからもレストランからも遠い、不便な場所にありました。だから、家まで届けてもらえて、かつ手ごろな価格のピザは、本当にありがたい存在でした。

当時は、注文から三十分以内に届けられなければ無料、なんてサービスがあって、

「届けに来た人が、『こんなぼろ屋に人が住んでるわけない！』って戸惑ってるあいだに三十分経たないかな。この家のチャイム押すの、相当勇気いると思うんだけど」

と君が言うから、二人でいつも「ぼろさにひるみますように！」と祈ったけど、さすがプロ、そんなことは一度もなかったね。

ピザを食べながら私たちはよく、君の家の小さなテレビで映画を観ました。君は、おもしろい作品を見つけるといつも、すぐに私に教えてくれました。

「ますみがどんな感想を持つか知りたいから、前情報一切なしに観てほしい」
そして、自分が観たばかりの作品を、それは嬉しそうに、私と一緒にもう一度観るのです。

君は、好きな場面になると、集中している私の顔をちらっと見る癖があったよね。指摘したことなかったけど、ちゃんと気づいていました。君の視線を感じるたびに「あ、ここが好きだったのね」なんて思いながら、君のそういう素直さを、私は内心とても眩しく感じていたのです。

「ねえ、これ知ってる？」

そう言って、おもしろいと思ったものを惜しみなく分けてくれるときの、君の表情。あのころ君が教えてくれた映画監督の新作を、私は今でも追いかけているし、好きな作家の何人かは、君が薦めてくれた作品がきっかけでした。君が、ピザと一緒に分けてくれたたくさんのことが、今の私の一部を、確かに形成しているんだよ。

「おいしいですねえ」

届いた宅配ピザを、君のお母さまは物珍しそうに、でもどこか嬉しそうに口に運びました。私も、君のことがあってから食欲なんてどこかに消えてしまっていたのに、そのピザだけは不思議と、するすると食べられたのでした。ああピザっておいしいな。しみじみそう思いました。

「まったく。あの子ったら、カード類をなあんにも整理してないの。まだまだ時間がかかりそうですよ」

お母さまがそう言って肩をすくめると、みんなも口々に、

「棚の整理をしてたら、いろんな国のお金が出てきたんです。旅行で余った小銭だと思うんですけど、十ヶ国くらいあるんですよ。本当にあちこち、旅してたんですねえ」

「私の方は、明らかにルパン三世だろっていう、仮装用スーツみたいなのが発掘されました」

「時計も何本かありましたけど、どれも高級品なんですよ。あいつすごいなあ」

「あの子、子供のころから貯金が苦手で、パッと使っちゃうようなとこがあったからねえ。もう時計は、みんなでもらっちゃいましょう」

そんなふうに、わいわいと盛り上がりました。今にも君が玄関から、

「いや勘弁してよ。その時計はほんと、頑張って買ったやつだからさ」

なんて姿を現しそうなくらい、明るく温かい空気が流れていました。しばらく会話が続いたあと、ふとお母さまが、

「こんなふうに、みんなで一緒にピザを食べたら、おいしいし、楽しいのに。バカねえあの子は」

と、優しく笑いました。

「あの人、なにをやっても上手にできる、すごく器用な人だったじゃないですか。今回のことも、ちょっと試してみたら、思いのほかうまくいってしまったんじゃないかなあ」

私が言うと、

「そう、そうなの。私もね、ますみさんと同じこと考えてたんです」

お母さまも、大きく頷きました。そして、慈しむような表情でそっと言いました。

「……きっと今ごろ、むこうで後悔してるんじゃないかなあ、って思うんですよ」

ぴるるるる。

そのときふいに、君のアイフォンの着信音が鳴りました。全員が、一瞬ぎょっとした表情で顔を見合わせ、画面を覗きこみました。そこには、見覚えのないニックネームのような名前が表示されていました。どうやら相手は、私たちとは直接つながりのない、君の友達のようでした。

「――はい。もしもし」

お母さまが、静かな声で電話に出ました。そばで聞き耳を立てるのも悪い気がして、私たちは誰からともなく、食べ終わったピザの箱や紙コップなどを片づけ始めました。

「……ええ。ええ、そうですか。私は、あの子の母親です。……そうです。……あの子ね、実は少し前に亡くなってしまったんですよ。……ええ。ご連絡できなかったようで、ごめんなさいね」

お母さまの、穏やかな話し方。それを背中に聞きながら私は、はじめて君の訃報を知らされたときの気持ちを、思い出していました。

おそらくは連絡が取れないことを心配して、わざわざ電話をかけてきたのだろう、君の友達。「あ、つながった」と思った次の瞬間お母さまの声が聞こえて、どれほど驚いたことだろう。顔も名前も知らないその人と自分が重なって、あのときの衝撃がまざまざと蘇り、胸のあたりがずしりと重たくなりました。

ふと顔をあげると、涙をいっぱいに溜めたカナさんと、目が合いました。私たちは黙ったまま、ただ弱々しく微笑み合いました。

「そう。……親しくしてくれていた方なのね。それはありがとう。……ええ、なにか形見分けできそうなものがあったら、もらってやってくださいね」

物音をたてないよう静かに作業を再開する私たちの隣で、お母さまはそうしてしばらく、電話のむこうのその人の話を聞いていました。

友達の役割

生まれてはじめて遺品整理をして、強く感じたことがあります。

遺品整理を、ご家族だけにさせてはいけない。特に、今回のような場合は。

遺品整理という作業は、その大半が「捨てる」こと。思いつく限りの友人・知人に連絡して、形見分けするもののリストを作ったら、あとはただひたすら、君が遺したものを、袋に詰めてゴミ捨て場に運ぶのです。

君の部屋は、君の会社が用意したいわゆる借り上げ社宅なので、あまり長く占領できないという事情がありました。だから、君が部屋で発見された一週間後にはもう、片づけをはじめなくてはいけませんでした。そのことが、どれだけ心を消耗させるか。私は何度も、自分がしていることが正しいとは思えなくなって、そのたび手を止めて、呼吸を整えました。

君の部屋が片づいていくこと。それはつまり、君がこの世にいた痕跡が、なくなっていくということでした。

茶渋がついたカップや、折り畳んだ形のままのハンカチ。付箋が貼られた本、ハッピーバースデーと書かれたパーティーグッズの派手な眼鏡。ずっと大事に取っておくほどのものではない、けれど君の人生の一部が確かに入り込んでいる、さまざまな私物たち。まだ君のにおいがするそれらを、私はゴミ袋に詰めていきました。私たち友人がやらなければ、この作業をお母さまたちがすることになる。それだけが手を動かす理由でした。ご家族の許可を得ながら、おしゃべりすることで自分をごまかしながら、私たちは、ひたすら作業し続けました。

処分するものがたくさんあると伝えたら、マンションの管理人さんが「ここなら、好きな時間に、いくつ出してもいいですから」と、一階にある広いゴミ置き場を教えてくれました。私は袋を抱えて、君の部屋とそこを、何度も往復することになりました。

みんなの声がにぎやかに交差する君の部屋を出て、両手に袋を持ち、エレベーターに乗る。一人になると、とたんに真顔になってしまうのが自分でもわかりました。

ゴミ置き場の棚は二段になっていて、燃えるゴミは、上の棚に載せなくてはいけない決まりでした。ときどきよたつきながら、パンパンに詰まった袋を、私はいくつも棚の奥に押し込みました。けれどとうとうスペースが足りなくなり、何度目かに持っていった袋は、入りきらず下に落ちてしまいました。

重たい袋をもう一度持ち上げ、今度はもっと力をこめて、袋と袋のあいだにぎゅうっと押し込みました。けれどやっぱり、どさり、と転がり落ちてしまうのです。

そんな動作を四、五回はくり返したでしょうか。気づくと肩で息をしながら、私は立ち尽くしていました。

酷使した両腕はじんじんと痺れ、足元には、君のものが詰まったゴミ袋が転がっていました。半透明のビニール袋が透けて、君の私物が見えました。一対ずつ丸められた靴下。生地が美しいスーツ。ワイシャツは、袋の中で他のものに押され、くしゃくしゃになって、袖があらぬ方向を向いていました。

——私はなにをしているんだろう。

ふいに、そんな感情がこみ上げました。

これはゴミなの？　それでいいの？　綺麗にハンガーにかかっていたスーツやシャツをゴミ袋に詰められるだけ詰めて、全体重をかけてゴミ置き場の棚に押し込んでいる私は、つまりなにを捨てようとしているの。――いや、これでいいんだ、割りきって片づけなきゃ終わらないんだ。取っておいたからって、その先にはなにもない。君は戻ってこない、死んでしまったんだ。

　立ち尽くしたまま、混濁した感情が過ぎ去るのを、じっと待ちました。それから、棚に載せたたくさんのゴミ袋を一つひとつ取り上げて、端から積み上げ直しました。できたすきまに袋を置くと、今度はもう落ちてきませんでした。私は振り向かず、みんなが待つ君の部屋へ、次のゴミ袋を取りに向かったのです。

「ねえ、クワ。この扉ってなに？」

　ゴミ置き場から戻ってふと見ると、君の部屋のドアのすぐ横に、小さな扉があることに気づきました。手をかけてみると鍵はかかっておらず、扉は簡単に開きました。

そこは、いわゆるダクトスペースと呼ばれる配管などが通る場所で、空いたところには、私物らしきものがあれこれ詰め込まれていました。

「うーん、この荷物、誰のなんだろうなあ。あの人のものだったら処分した方がいいけど、もしかしたら隣の家の人のものかもしれないよね。ちょうど、二つの部屋の中間にあるダクトスペースだし」

「そうだね。じゃあ、ちょっと行って確認してくる」

私は、隣の部屋のチャイムを押しました。

「——はあい」

もしかしたらお留守かも、と思ったのも束の間、すぐに若い女性の明るい声が聞こえました。よかったとホッとして、私はインターホンごしに声をかけました。

「こんにちは。あのう、実は私今、隣の部屋を片づけて——」

いる者なんですが、と続けるより先に、ブチッと音をたてて、インターホンは突然切れました。なにが起こったのか、一瞬わかりませんでした。

もう一度チャイムを押すべきか迷っていると、やがてドアが開いて、中から女性が現れました。その人はすばやく部屋の外に出て、後ろ手にしっかりドアを閉めました。そして私を、上から下まで観察するように見つめ、さっきとは打って変わった、冷たく固い声で言いました。

「なにか、ご用でしょうか」

ママー、だあれー？　ドアが開いてまた閉まるまでのほんの一瞬、部屋の中から、まだあどけない子供の声がしました。無邪気で明るい、笑いをふくんだ声。それを聞いて私は、ああそうか、と思いました。この人は、隣の部屋で自殺があったことを知ってるんだ。そしてそれを、子供には隠しておきたいと思ってるんだ。インターホンの会話を途中で切ったのも、こうしてわざわざ自分だけ部屋の外に出てきて話すのも、それが理由なんだ。

「あの、今、隣の部屋を片づけているのですが」

「はい」

「この、ダクトスペースの荷物は、どちらの――」

「ああそれは我が家のです。全部そうですので、片づけていただかなくて結構です」

その人は、早口で答えました。怯えと警戒心が入り混じった、こちらを突き放すような言い方でした。

気持ちはわかる、と思いました。隣の部屋で人が亡くなって、嬉しい人なんていないだろう。どんなふうに逝ってしまったのか、考えたくなくても考えてしまうだろう。そしてそれでも、簡単に引っ越すことなどできないだろう。だけど――。

こういうときどんな顔をしたらいいのか、とっさにわかりませんでした。こちらをじっと見つめるその人に、私はこう伝えたいと思いました。

――どうか、そんな顔しないでください。亡くなったのは、私の友人なんです。今、お母さまもいらっしゃってるんです――

実際には、なにも言いませんでした。この件であと少しでも、この人に嫌な印象を持ってほしくありませんでした。君の死を、迷惑に感じている人がいる。そのことが耐えがたく、だけどなすすべもなく、私はただ、へらへらと笑顔を浮かべました。

「わかりました！　ありがとうございます、じゃあ、そのままにしておきますね」

怖がるようなことじゃないんですと伝えたくて、でも言葉にはできなくて、つい出たのが笑顔でした。その人はいぶかしげに私を見ると、黙ったまま、またすばやくドアのむこうへと消えていきました。

ガチャン。

鍵が閉まる音がしても、すぐに君の部屋に戻ることは、できませんでした。

突然、ゴミ置き場でも出なかった涙が、ぽろぽろとこぼれました。ああ目が赤くなってしまう。みんなを心配させてしまう。早く泣くのをやめたくて、廊下で天を仰ぎ、何度も深呼吸しました。

――よかった。

服の袖で涙を拭きながら、私はそう思いました。

――隣の家の人と話したのが、私でよかった。お母さまやお姉さまじゃなくて、本当によかった。

　一月の冷たい空気を吸い込みながら、友達にしかできない役割があることを、このとき私は痛いほど感じていました。

君がいる

遺品整理は、とうとうすべて終わりました。

大きな家具は、君の会社の方で処分してもらえることになり、荷物だけをすべて片づけて、私たちは部屋を出ました。

これで、君のことを一番感じられる場所がなくなってしまう。この鍵を返したら、もう部屋に出入りすらできなくなってしまう。お母さまやお姉さま、みんなと会う理由もなくなってしまう――何度も泣いたのに、片づけでくたくたになったのに、遺品整理が終わったときに感じたのは、耐えがたい寂しさでした。私の手元には、形見分けでもらったファイヤーキングのマグカップだけが残りました。君の部屋のドアは目の前でゆっくりと閉まり、ガチャン、とくぐもった音をたてました。

ねえ、君はこんな話を聞いたことある？　人間の脳というのは夜寝ているあいだに、その日インプットした情報を整理したり、記憶を定着させたりするってこと。今まで意識したことがなかったそういう脳の働きを、遺品整理をしていた期間、私ははっきり感じたよ。

毎朝五時ごろに、必ず目が覚めるのです。なぜか決まって早朝なのです。そして、目が覚めたときにはもうすでに、嗚咽するほど泣いているのです。さっきまで確かに寝ていたはずなのに、横になっていられないほどあとからあとから涙がこぼれて、空が明るくなるころまで、泣くことをやめられないのです。

どうして寝ながら泣いてしまうんだろう。どうして朝なんだろう。そんな疑問を、遺品整理のときなんの気なしに口にしたら、お姉さまが、

「あっ、それ私もまったく同じです。ますみさんもそうなんですね」

と言うので、驚きました。

「あくまで私の考えなんですが……日中は、どこか気が張ってるんじゃないかなあ。その日一日仕事をしたり、人と会ったりする中で、無意識に感情をコントロールして、辛いことを考えないようにしてるんだと思うんです」

でも寝ているあいだに、脳の働きによって頭の中の情報は整理され、その結果、心が無防備な状態になって、抑え込んでいたものが前に出てくるんじゃないか——お姉

さまはそう言いました。

ああその感じわかる、と思いました。

君の部屋で頭をよぎった、君との思い出や、君の言葉。君のものを処分するときの気持ち、どうすることもできないむなしさ。無理やり脇に押しやって、考えないことにしたいろいろなものが、明け方、突然押し寄せてくる感覚が確かにありました。こらえてこらえて、それでも滲み出てしまうのが日中の涙だとしたら、明け方は、考えるより先にもうあふれている、生理現象に近い感じの涙なのです。

遺品整理が終わった翌朝も、そうでした。くたくたになって帰ってきて、すぐに眠気に襲われたのに、私はいつものように、五時ごろ、自分の涙で目が覚めました。

泣きながら起きたときは決まって、断片的な場面や、誰かの言葉が、いやにくっきりと蘇ります。その朝頭の中に再生されたのは、君の郵便受けを開けたときのことでした。

遺品整理の最終日。部屋から鍵が見つかったのです。それは、君の郵便受けの鍵でした。開けてみると中には、たくさんのチラシに交ざって、二つ、印象的なものが入っていました。

ひとつは、アマゾンから配送された、鬱と闘うための本。君が亡くなったあとに届けられていました。

もうひとつは、手書きで君の宛名が書かれた封筒です。差出人は、お母さまでした。

「あの子ね、お正月に家に帰ってきて、だけど枕が替わって眠れないからって言って、一月二日にはもう、このマンションに戻ったんです。そこからは、一切連絡がつかなくて……」

お母さまは、誰に言うでもなく、静かに話し始めました。

「電話に出ない。ＬＩＮＥしても返事がない。病気のことは聞いていたから心配で、私、この部屋まで来てチャイムを鳴らしたの。それでも反応がなくて……。だけどね、こう考えたんです。だいじょうぶ、人はそんなに簡単に死んだりしない。きっと今は直接話したくないだけなんだって。それで、手紙なら読んでくれるかもしれないと思って、書いたんです」

お母さまは、封筒を手に取りました。封筒は、分厚く膨らんでいました。

「あの子、これを読まないで逝ってしまったのねえ」

つぶやくとお母さまは、封が開いていない手紙をゴミ袋に入れました。そのときの顔――。ねえ、君は知ってるかな。君のお母さまは、悲しいくらい強い人だよ。

お母さまは常に、自分以外の誰かを気遣っているのです。私たちが疲れていないか、寒くはないか、いつも気にして声をかけてくださるのです。そのくせ自分では、こちらに気を遣わせるようなことを、絶対にしないのです。遺品を整理しているあいだ、一度も涙を見せず、君の話をするときだって、いたずらに悲しくなるようなことは、決して口にしないのです。

封が開いていない手紙を前に、お母さまは一瞬、悲しげに顔をゆがませました。でもこちらが声をかけるより早く、手紙を捨てて、背中を向けて作業に戻ったのです。ああお母さまはずっとこんなふうに、自分の感情を、誰の手も借りず自分で処理して生きてきたんだ——そう思わずにはいられませんでした。あのとき感じた切なさが、今さら全身をゆさぶるような強さでこみ上げて、涙になってこぼれ落ちました。

次に浮かんだのは、お姉さまの言葉でした。

「私はずっとあの子に対して、こう思ってたんです。『どうして逝っちゃったんだ、こんなに友達がいてみんなに慕われてるのに、一体なに考えてるんだ』って。でも、あの子が書いたものを全部読んだら、考えが変わったんですよね。こんなに頑張ってたんだって」

あの子が書いたもの——それは、もらってきたはいいものの、私が途中で読むのをやめてしまった、メモや日記のことでした。

こつん、と心に引っかかるものがあって、私は思わず、涙をぬぐう手を止めました。なにか取りこぼしているものがある。ふとそんな気がしたのです。

お姉さまの言葉を聞いたとき、私はとっさに「受け止め方が違うんだ」と考えました。私にとっては、苦しむ姿がリアルに浮かんで辛いばかりだった、君が遺した文章や音声。でもそれは、受け止め方によっては「頑張っている」と言えなくもない。きっとお姉さまは、私と違ってそういう感じ方をしたんだ、だから感想が違うんだ、と。けれど今改めて思い出すと、そのときは聞き流していた言葉が、心に引っかかるのです。

「全部読んだら」。確かに、お姉さまはそう言った。

そっとベッドから出て、アイフォンを手に取りました。告別式の日にタップして以来触っていないメモアプリの中には、君のアイフォンから転送した、たくさんのメモや日記、音声データがまとめてありました。

もしかしてお姉さまは、これを全部読んだから、君への考えが変わったんだろうか。ここにあるものすべてに目を通したら、私にも、それまでとは違う君の姿が見えてくるんだろうか――。

迷いました。君が遺したものをたどるのは、私にとってとても消耗する行為でした。しばらく躊躇して、それでも結局メモアプリを開きました。どうせこんなに悲しいし、涙も止まらないし、きっとこのまま空が白むまで眠れない。だったらもうどうにでもなれ。そんな気持ちで、読んでみようと決めたのです。

——ああ、君らしいな。

読み始めてすぐ、そう思いました。

鬱に囚われ日々変化する心を、君はつぶさに観察し、どう対応したらいいか、毎日細かく検討していたんだね。自分自身のためだけに書かれた言葉は、遺書の文面以上に君らしく、目で追うと、自然と君の声で再生されました。

「眠りの質を高めるために」

「この休職期間をどう過ごすか」

「元気なときの心の法則　鬱のときの心の法則」

「現状の問題」

小見出しと、その下に箇条書きされた言葉。心の状態を分析し、どうにか乗り越えようと葛藤する姿がそこにはありました。

「明日のことは明日考えればいい。明日一日乗り切れたら祝杯をあげよう。そうやって一日ずつやっていこう」

「戻るんじゃない。変わるんだ。こんな状態になってしまった自分を受け入れて、受け止めて、それも含めて、前に進む」

「心に浮かんだ不安と無理に戦わない。
不安や恐怖は常にあるもの」

「生きてさえいれば、また喜びや幸せを味わえる」

こんなふうに、自分を鼓舞するようなメッセージも、たくさん書かれていました。

以前メモを開いたとき、私は吸い寄せられるようにほとんど無意識に、衝撃的で強い表現ばかりを拾い読みしていました。でも落ち着いて最初から読むと、ネガティブな言葉はごく一部で、ほとんどは、どうやったら気持ちを浮上させられるのか試行錯誤する内容だとわかりました。

自分へ、と題して自分に手紙を書いたり、サウナや散歩、筋トレ、ヨガなどを順番に試して、どうすれば眠れるかを検証したり。気持ちが沈んだときは、それがただの気のせいであることを、何度も言葉にして、言い聞かせていました。死を選ぶ直前まで、自分を励ます言葉は続いていました。

「多分客観的に見れば、俺のおかれた状況はそこまで悲観するものでもない。すべては自分が自分の中に作り出した檻なんだ」

「長い人生の中で今、このフェーズで、身体と心をいたわる必要があるんだ。今がその時期なんだ」

「細かい症状に心を囚われず、日々気持ちを穏やかに、平らかに」

「焦らずじっくりやろう。今日は身体を休めよう」

「絶対によくなるから。回復するから」

ああ君はこんなにも、こんなにも、生きようとしている。

今すぐ君の隣に行って、手を握ってあげたい。手を握って、だいじょうぶだよ、どんな君も大切だよと伝えたい。こうしてメモを目で追えば、はっきりと君の声で再生されるのに、たった数週間前まで確かに君はここにいたのに、一体どうして私たちはここまで遠く離れてしまったんだろう。容赦のない現実に、身動きができませんでした。

　最後の日記は、亡くなる三日前に書かれていました。

「いよいよ方向転換が必要か。これから始まる（おそらく）長くかかる闘病生活の覚悟が求められている。もし抗うつ薬を使うとなれば、月単位もしくは年単位での忍耐と付き合いが求められる。そのためにできること、すべきことをいったん整理しよう。抗うつ薬を使うかどうか、いろいろ総合的に考えて最後は自分で決めよう」

　こう書かれたページで、日記は終わっていました。

　――ああ、君がいる。

　学生時代、どんな状況にあっても解決策を探そうとした、私を救ってくれた男の子が、ここにいる。他人には見せないメモや日記の中でも、君は誰のこともただの一度も悪く書かず、ネガティブな言葉が浮かんでも理性的にそれを消化して、一生懸命バランスを取ろうとしている。生きようとしている――。

メモや日記の中に、毎日のように登場する言葉がありました。「セルフトーク」。気持ちが沈んだときや、ポジティブな感情が湧いてこないとき、いつも「セルフトーク」をして自分を立て直したと書いてありました。セルフトークというのは、自分で自分にかける言葉のようでした。

「セルフトークを録音して流してみた。少し気が楽になる」

そんな記述を見つけてハッとしました。もしかしてこれ、君が遺したあの音声のことじゃないだろうか――。以前聞いたときは、怖くて途中で止めてしまった、君の声。二度と再生すまいと決めたそれを、私はもう一度聞いてみることにしました。

「三時になったら、いち、に、さん、し。三時になったら、いち、に、さん、し。三時になったら、いち、に、さん、し――」

淡々と続く声。抑揚のない静かな話し方。けれどもう、怖いという感情は湧いてきませんでした。

以前聞いたときは「三時になったら死のう」という意味だと受け取った、この音声。でも、本当にそうだろうか。必死に前を向こうとしていた君の姿を知った今、かつては思いつきもしなかった可能性が、頭の中に浮かびました。君はずっと不眠に苦しみ、眠れる方法を模索していた。例えばこの声は、「三時になったら、いち、に、さん、しで眠くなる」という意味だったとは考えられないだろうか――。

君が書いた「セルフトーク」がこの音声なのかは、どっちにしろ永遠にわからない。もっと言ってしまえば、これが死にたいという意味だったとしても、私にとってはもう、さほど大きなことではなくなっていました。

――ありがとう。ごめんなさい。

私は心の中で、君に話しかけました。

――君は、精いっぱい抗おうとしていたんだね。苦しみの中で、それでも生きる方法を模索してくれて、ありがとう。何度も君を責めてしまって、ごめんなさい。

鬱というのは、病気なんだ。君の自殺は、病気の発作で亡くなったのと同じことなんだ――。メモをすべて読んで、私ははじめて心からそう思いました。

空が、白み始めていました。ほてったまぶたをぬぐってカーテンを開けると、住宅街の屋根のむこうに、夕焼けみたいな朝日が覗いていました。

サヨナラからはじまること

四十九日が、近づいていました。

どういう偶然なんだろう。逝ってしまった日から数えてぴったり四十九日後は、四十二回目になるはずだった、君の誕生日でもありました。

亡くなった人は四十九日をもって、仏になるための旅に出ると言われてるよね。喪に服していた人たちも、この日を過ぎたら日常生活に戻ることになっている。でも私は、四十九日が近づいてもまだ心が不安定なまま、毎日君のことばかり考えていました。正確には、君のことを考えられる場所を探していた、という方が近いかもしれません。考えて考えて考えて、その先にわずかながら、心の置き場になるようななにかが見つかる、そのくり返しでした。考える以外、私にはまだ、すべがなかったのです。

そんなとき、ふと思い出した場所がありました。

「なに食べてもおいしいんだ。一度行ってみてよ」

君が、熱心に薦めてくれた喫茶店。クワの妹のユリさんが、たった一人で切り盛りしているというお店です。

「俺もよく顔出すんだ。ミニライブってことで、店内でギター弾かせてもらったこともあってさ。焼き菓子が人気みたい。居心地いい店だと思うよ」

　君は、友達の話をするとき熱が入ってしまう自分をちゃんと知っていたのか、照れたような顔で、ちょっと早口で言ったよね。私はたぶん、笑ったと思う。だって、そのとき二人で食事していた小料理屋さんも、「すごくおいしいから」と案内された、また別の君の友達が経営するお店だったから。

「ねえ、前から聞きたかったんだけど、嫌いな人っていないの？　誰かを悪く言いたくなることとか、ないの？」

　あの日、私はそう尋ねました。君は、唐突な問いにきょとんとして、首をひねりました。

「嫌い、かあ。気が合わないかもって感じる人はときどきいるけど。その『嫌い』って気持ちに、わざわざフォーカスする時間がもったいなくない？」

「いや、フォーカスしたくなくても、勝手にピントが合っちゃうんだよ」

笑って話しながら、変わらないなあ昔から、と思いました。はじめての恋人に君を選んだ十八歳の私は、なかなか見る目があったんじゃない？　と。君のこういうところが、私はとても好きだったのです。

「教えてくれた喫茶店、行ってみるよ。行ったら連絡するね」

そう約束して別れました。また会えると、一ミリも疑っていませんでした。でも実際は、二人きりで食事したそのときが、君と会った最後になったのです。

――お店に行ってみたい。

唐突にそう思いました。一度考え始めたらいても立ってもいられず、私はユリさんにＬＩＮＥを送りました。ユリさんとは、君の告別式で会い、言葉を交わしていました。

返信は、すぐに届きました。

「連絡ありがとう。でも実はうちの店、今、改装中でお休みしてるんです。しかも全部自分でやってるから、ちょっと時間がかかりそう」

ユリさんの前職は、舞台の大道具。そのスキルを活かして、ペンキ塗りから棚作りまですべて自力で、大規模な改装をしているとのことでした。インスタグラムを覗いてみると、美味しそうなお菓子の写真に交ざって「改装をお手伝いしてくれる人を、盛大に募集しています」という投稿。深く考えるより先に、私はこう返していました。

「それなら、よかったら私に、改装のお手伝いをさせてもらえませんか？」

どうしてこんな申し出をしたんだろう。自分でも、せき立てられるようなこの気持ちがどこから来るのか、うまく説明できませんでした。ユリさんからしたら、きっと奇妙だったと思います。なにせ、一度しか面識がない相手なのです。

ちょっとご迷惑だったかも。しかも私、釘の一本すら打ったことがないし——。そう正直に伝えると、ユリさんからは意外にも、「だいじょうぶ」という寛大な返信が届きました。

「トイレの壁のペンキ塗りが残ってるから、それでもよかったら、ぜひ。万が一はみ出しちゃったとしてもへーきへーき、それも味だから」

かくして、君おすすめのお店のトイレにペンキを塗りに行くという、少し不思議な日がやってきたのです。

ユリさんのお店は、最寄り駅から徒歩数分。にぎやかなアーケード商店街の一角のビルの、細い階段をのぼった先にありました。

「ああますみさん、ようこそ」

気さくに迎え入れられ、店内を見回してちょっと驚きました。「調理から接客まで、全部一人でやっている」と聞いて、もっとずっとこぢんまりしたお店を想像していたけれど、カウンターのほかに、テーブルがいくつかと、奥にはお座敷スペースまであるのです。天井にはドライフラワーがたっぷりディスプレイされ、インテリアはどれもアンティークのような、味のある風合い。居心地がいいと言っていた君の言葉を、すぐに思い出しました。

「素敵なお店だね」

「改装中だから、以前とはだいぶ雰囲気が違うんだけど。この壁と、あっちの壁も、先週友達がペンキを塗ってくれたんだ」

あれこれ言葉を交わしながら、汚れてもいい服に着替え、髪をひとつに結びました。仕事のあとだったので、時刻は午後四時すぎ。トイレの壁一枚ならきっと小さいし、二時間くらいで終わるのかな。そのときの私は、無邪気にもそんなふうに考えていました。

――もしかしてこれ、思った以上に大変かも。

そう気づいたのは、案内されたお店のトイレで、養生テープと格闘しているときでした。「さあ、ペンキを」と張り切る私に、ユリさんは「まずはこれ」と、見慣れない形状のテープを手渡しました。

「養生テープと、養生シート。トイレのドア枠や、柱や天井、とにかくペンキをつけたくないところは、この養生テープを貼って保護するの。床やドアは、こっちの養生シートで覆ってね。ペンキ塗りは事前の養生がとても大切！」

さすが元プロ、という的確さで説明すると、ユリさんはお手本として、テープを貼ってみせてくれました。真似しようとして、私はすぐに頭を抱えました。まっすぐ貼っているつもりなのに、私がやるとなぜか曲がってしまうのです。

「うわあユリさん！　テープがどうしても曲がっちゃう」

「あはは、最後には剥がすものだから、ちゃんと保護さえされてればいいよ。だいじょぶだいじょぶ、頑張って」

ねえ、君はペンキ塗りってしたことある？　私は実際にやってみるまで、作業の全貌をまったく理解していなかったよ。

　壁周りの片づけと養生作業だけで、約二時間。その後は専用の容器の上で、緑色と灰色、二色のペンキを混ぜあわせます。それを、ローラーと刷毛を使って、壁にくまなく塗りつけるのです。高いところは脚立に乗って、低いところは這いつくばって、とにかくすみずみまで塗ります。終わったら三十分ほど乾かして、同じ色を重ね塗り。再度三十分乾かして、最後はくしゃくしゃに丸めた紙を刷毛代わりにして、灰色のペンキをつけ、壁をぽんぽん叩いて風合いを出すのです。

普段はマイクの前でお芝居をするか、パソコンで文章を書くかという生活の私にとって、この作業はなにもかもが不慣れで、そして新鮮でした。

ペンキは、多すぎると垂れて跡になるので、かすれるくらいの少ない量をローラーにつけて、何度も重ねるように塗ること。靴底にペンキがついていると、歩いたとき床に足跡がついて大惨事になるので必ず履き替えること。事前に教えられた、そういういくつものポイントに気をつけながら、集中して塗っていくのです。時間をかけて壁と向き合ううちに、最初は怖かった脚立も、顔にペンキが飛ぶことも、だんだん気にならなくなっていきました。

ユリさんは、奥の厨房で別の作業をしています。私たちはそれぞれ違う持ち場で働き、ペンキを乾かすあいだだけ、二人で話をしました。話題は、主に君のことでした。

「ますみさん、私ね、実は中学生のころからあの人と知り合いなの」

「えー、そんなに前から！」

「そうなの。お兄ちゃんの友達だったから、高校の帰りに家に遊びに来たりしてね。で、あの人、教えるのが上手じゃない？　だから受験のときは、家庭教師してもらったこともあったんだよ」

ユリさんの中にいる、君。高校時代の君や、アルバイトで勉強を教える君。私が出会うより以前の話を聞くと、君の姿が、頭の中でより立体的になっていくような感覚がありました。

そうだった。確かに君は、教えることに情熱があった。

「ねえ、英語ぜんぜん覚えられないよ」

独学で英語を習得した君に、私は何度も、方法を教えてと質問したよね。ここ数年は海外旅行から帰国するたびに、今度こそと決意して君に連絡するのが、半ば恒例行事みたいになっていた。君は苦笑いしながらも決して匙を投げず、いつも根気強く教えてくれたよね。

「俺に一日一回、英語でＬＩＮＥしてよ。英語で返信するからさ」

なんて、私をやる気にさせようとしてくれたこともあった。それでも気づくと英語から遠ざかって、定期的に同じ質問をくり返した私は、今思えば君に、とても甘えていたんだな――。

「このお店にもね、だいたい月に一度は顔を出してくれてたんだ。最後に来たのは、十一月だったかな。そのときはもう、だいぶ辛そうだった」

　ユリさんは目を伏せました。滅多に弱気にならない君が、珍しく「ちょっと仕事が大変で」とこぼした。だいじょうぶかなと思ってはいたけど、まさかこんなことになるなんて――。つぶやいたあとユリさんは、作業の手を止めて、スマートフォンを開き、なにか探し始めました。

「あ、あった、ミニライブの映像。あの人ね、ちょうどこのあたりに座って歌ってくれたんだ。ほら」

　画面の中には、アコースティックギターを抱えた、君の姿がありました。壁際の椅子に浅く腰かけ、ちょっと照れくさそうに、でもとても気持ちよさそうに歌う君。懐かしい、伸びやかなその歌声。耳にじわりと染み込むような、優しい声でした。

サヨナラからはじまることが　たくさんあるんだよ
本当のことが見えてるなら　その思いを　僕に見せて

「これ、なんていう曲？」

「『サヨナラＣＯＬＯＲ』。今聞くと、なんて歌詞を歌ってるの、って感じの内容だね」

サヨナラからはじまることがある。君は何度もそのフレーズをくり返していました。いろいろなことがあった今聞くと、言葉は特別な意味をはらんで胸の奥で響くのでした。

——あーあ、わかってるつもりなのにな。

私は、とほほ、とため息をつきました。

わかってる、選曲に、きっと深い意味なんてないってこと。このときの君はただ、アコースティックギターが映える曲を選んだだけなんだってこと。ちゃんと分別はついてるつもりなのに、歌詞が、まるで君からのメッセージであるかのように、勝手に心に刺さって困りました。

僕を忘れてもいいけど
自分はもう　はなさないで

私はいつか、君を忘れてしまうんだろう。

君の声を、笑顔を、思い出せなくなるんだろう。

君との思い出はレコードみたいに、再生するたび質感が変わってしまう。どんなに抵抗しても、私はそれを止められないんだろう。

ユリさんのお店に行かなきゃと、あのとき、せき立てられるような気持ちで思った理由が、ふいにわかった気がしました。私、怖いんだ。少し前までは、君がいないということが怖かった。今は、君がいないのがこんなに悲しいのに、いつかこの悲しみをも乗り越えてしまうだろう自分のことが、怖い。

時計を見たら、もう夜十時を回っていました。外は真っ暗で、建物の窓には、オレンジ色の明かりがぽつぽつと灯っていました。

「じゃあ、そろそろ壁、しあげちゃうね」

最後のペンキを塗るために脚立に腰かけると、ふいに頭の中に、君と付き合っていたころのことが浮かびました。それは、私が一番よく思い出す、君との思い出でした。

ねえ、君は私とすごした時間の中で、どんなことを覚えてる？

私はね、意外かもしれないけど、君を思うときいつでも真っ先に浮かぶのは、真夜中の住宅街にぽつりと灯った、自分のアパートの部屋の明かりなんだ。「本人は思い出さないのかよ」って君は笑うかな。でもね、その明かりの中には、君がいるのです。

あのころ。君が見つけてくれた家賃三万五千円のアパートで、私は、昼間は大学、夜は水商売という生活をしていました。

夜の仕事は、本当にきつかった。

煙草もお酒も苦手で、気も利かない私は、お店に馴染むことができず、いつも深夜二時の閉店時間をただ心待ちにしながら働いていました。

お客さんから投げかけられる、卑猥な冗談や、差別的な発言。もっと賢く聞き流すべきなのに、それも大事な仕事のひとつなのに、どうしてもうまくできず、なにかが削り取られていくような、嫌な痛みを感じていました。仕事が終わると、煙草の煙を浴び続けた体はベタベタと嫌なにおいがして、お腹の奥には、その夜言われたさまざまな言葉が、消化できないまま重たく引っかかっているのです。

でも。そんな沈んだ気持ちが、どこかに消え去ってしまう夜がありました。君が、私の部屋で帰りを待ってくれている夜です。

翌日の大学の授業が午後から、なんてとき、君はよく、遅い電車で私の部屋まで来てくれたよね。合鍵で入って、夜食を作ってくれることもあったし、本を読みながら待っててくれることもあった。

今でも鮮明に思い出します。

深夜三時近く。お店の車で近所まで送ってもらって、アパートへ急ぐときの、あの気持ち。真っ暗な住宅街を足早に歩き、角を曲がると、ぽつりとひとつだけ、オレンジ色の明かりがついた小さな窓が目に入るのです。

——ああ、あの光の中に君がいる。

あのときの気持ちを、なんて呼んだらいいんだろう。君がいる、そのことが、ただ幸せなのでした。私はいつも、ほとんど走るような速さで、小さな明かりを目指しました。

実際の君は、うたた寝をしてたこともあったし、夜食作りに失敗して部屋中へんなにおい、なんてこともあったよね。でも、それでよかった。「ごめん」って君は言ったけど、そんなのどうでもよかった。君がそこにいてくれるということがすべてでした。君の存在そのもので、私はどこまでも満ち足りた気持ちになったのです。

あのね。誤解を恐れずに言ってしまうけど、君を失って、私はひとつ、とても大きなものを得ました。それは、自分を自分のままでいいと思える強さです。

私の職業は、声優。人気商売です。誰かに選ばれれば仕事があるし、誰にも選ばれなければ、その日の仕事はなし、収入もゼロ。

君は最期のメッセージに「ずっと元気で活躍してください」って書いてくれたでしょ。君が言う「活躍」ってどんな状態かわからないけど、少なくとも私は、声優になって二十年、自分自身を活躍していると思ったことは、ただの一度もありません。私の周りには、常に私より選ばれて、忙しそうにスタジオを飛び回る人がいる。対して私は、いつでもフル稼働、というわけでは決してない。

そういう現実を、たまらなく不甲斐なく思うこともあります。選ばれない日が続くと、「どこがいけないんだろう」と足りない部分ばかり数えて、誰かを眩しく感じることもあります。もしも仕事がなくなってしまったら、今私の周りにいる人たちは、きっと全員いなくなってしまう――そう想像して、恐怖に襲われることもあります。自分がなんの価値もない存在に思えて、恥ずかしくて、情けなくて、涙が出てしまったこともありました。

でも。君を失って私は、本当にギリギリのところで、こう思えるようになりました。

「いや、そうじゃないんだ」と。

君が遺したメモには、仕事に関する不安がたくさん書いてあったでしょ。

「今の仕事を失ったらなにもない」

「この会社でしか働けない」

「周りの人たちが離れていく」

それはまさに私がいつも思うことで、だからこそ、そうじゃないのに、と叫びたくなりました。全然そんなことないのに、そして、そもそも君の素敵なところは、そんなことではちっとも測れないのに。

私は、何度も、何度も、何度も、何度も——数えきれないくらいくり返し「君が今、生きてここにいてくれたら」と思いました。そしたら「もうわかったよ」と言われるまで、言葉を尽くして、そうじゃないってことを伝えるのに。

どんなに願ってもそれが叶わなくなってしまった今、私は代わりに自分自身に、こう言い聞かせます。

「たったひとつのものさしで自分を測ることに、意味なんてない」

あまりにありふれた言葉で、陳腐に感じるかもしれません。でも私は、君に伝えたかったと心の底から思ったとき、この言葉がはじめて、実感をともなって腹に落ちました。そしてそのことで、ともすると見失いがちだった自分自身を、取り戻すことができました。私はそれを、君を失ったことで得た「強さ」だと思っています。

ねえ。きっと君は、知らずに逝ってしまったよね。

私が今でも、暗い道にぽつんと灯る明かりを見つけると、なんともいえない高揚を感じること。あのころ、明かりの先に君がいるという事実が、どれだけ私を救ってくれたかってことも。

私はいつか、君をうまく思い出せなくなるでしょう。

君の声も、忘れてしまうでしょう。

それでも、夜道に小さな明かりを見つけるたび、私は何度でも、優しい気持ちになるでしょう。

思い出は細かな粒子になって私自身と混ざり合い、きっと時間とともに境目が曖昧になっていく。小走りで明かりを目指したあの夜も、君の香りが混ざった部屋の空気が温かかったことも、「あ、おかえり」と笑う君の顔も——いつかなにもかも記憶から消えて、理由を忘れてしまっても、私は生涯を通して何度だって感じ続けるでしょう。

暗い道を照らす明かりに、私を守ってくれる、温かななにかを。

その後のこと　――少し長いあとがき

そこから先も、本当にたくさんのことがありました。

君のお骨は、ご親戚が暮らす長野県の山奥のお墓に、納められることになりました。Googleマップで検索してもピンが立たないほど奥まったその場所に、連休を利用して、みんなでお墓参りに行きました。クワと、クワの奥さんのカナさん、お母さま、お姉さまと私で、一日がかりの小旅行でした。

道は混んでたし、普段乗り慣れない高速道路をレンタカーで走るのは怖かったけど、途中のパーキングエリアで見た諏訪湖は、とても綺麗でした。そこでしか食べられない味のソフトクリームを買って、クワが好きなももクロの曲を聞きながら、にぎやかに向かいました。

君が眠るお墓は、見晴らしのいい丘の一角にあるんだね。近くの町が一望できるその場所は自然がいっぱいで、ツバメたちが軽やかに空を飛ぶ姿が印象的でした。車から降りると、土と草の濃いにおいがしたよ。君が暮らしていたマンションとはなにもかも違うけど、ここなら君も気に入るんじゃないかなと思いました。

　君が逝ってしまってもうすぐ一年というころ、シゲと二人で、ライブを観に行ったことがありました。お互いずっと好きだったアーティストで、席もとてもよくて、本当に楽しい夜だった。ライブが終わって、興奮気味に感想を語り合いながら、会話が途切れたタイミングで、私はシゲに尋ねました。

「ねえ。シゲはあの人のこと、今でも思い出すことある？」

　控えめに聞いたのは、本当のところを知りたかったからです。するとシゲは、一秒もおかずに言いました。

「もちろん。毎日。考えない日はないよ」

　そして「ほら」と左手を差し出しました。そこには、君の腕時計がはめられていました。

「なんとなくね、あいつ、今日のライブ好きかなって思って。自己満足だけど、一緒に聴きたくてつけてきた」

「そっかあ」

そのまま、しばらく無言で渋谷の街を歩きました。私から聞くまで、時計のことを一言も話さないのが、いかにもシゲらしいでしょ。本当はね、私もライブを見ているあいだ、君もここにいたらいいのにって何度も思った。でも、湿っぽくなっちゃいそうで、その空気を歓迎されないのが怖くて、口にできなかったんだ。

君がスーツに合わせて買ったのだろうかっちりしたデザインの時計は、ラフな服装のシゲの腕で、独特の存在感を放っていました。

そして。

さらに半年ほど経った、夏の少し前。「ここに君がいてくれたら」と、強くつよく思う出来事がありました。

君の叔母さま――お母さまの妹さんにあたる方が、君と同じ病気で、突然逝ってしまったのです。

その知らせを聞いたとき、私は真っ先にお母さまのことを思いました。おこがましいようだけれど、君のことがあってからずっと私は、少しでもお母さまの力になりたいと思ってきました。華奢な体で、誰にも心配をかけまいと気丈にふるまう、君によく似たお母さまのことが、私は好きだったのです。

でも、叔母さまの訃報にふれて、自分の無力さを痛感しました。私にできることは、なにもない。話を聞くことも、そばにいることも、相手が私では、ただいたずらにお母さまを消耗させるだけで、きっとなんの力にもなりません。

ああ今君がここにいてくれたら。君の存在が、なにより支えになるに違いないのに。そう思わずにはいられませんでした。

この前、こんなことがありました。

仕事のあいま、駅のホームで電車を待っているときでした。アイフォンに、ちょっと気になるニュースが流れてきたのです。人工衛星を使って、流れ星を作れるようになるかもしれない。近い将来、夜空一面を流れ星が埋め尽くす日がくるかもしれない――そんな内容でした。

へえ、おもしろいな。そのニュースのリンクをコピーして、私はＬＩＮＥを立ち上げました。君に送ろうとアカウントを探しかけた次の瞬間、ハッとしました。

――そうだ。君はもういないんだった。

君はなんて言うかな、君らしいコメントがきっと聞けるだろう、そんな懐かしい気持ちを、ほんの一瞬だけ味わいました。涙がこぼれてしまったけど、悲しかったわけじゃありません。まだそんな気持ちになれる自分が、少し嬉しかったのです。

こんなふうに、泣いたり、笑ったりしながら、私はおおむね元気に暮らしています。

君はどうしてますか。元気？　って、聞いてもいいものですか。

私は、君の死を取り込んで、消化して、どんなことがあってもそりゃあもう野蛮なくらい力強く、この先にあるものを見に行こうと腹を決めました。

いつか再会したときは、そこらへんの話を聞いて。あ、あと、遺品整理が大変だったって恨み言もね。君がなんて言うか、今から楽しみにしています。

ああ気づけば、長いながい手紙になってしまったね。

本当は、ずっとこうして君に話しかけていたい。だけどきりがないから、そろそろペンをおくことにします。

最後まで読んでくれてありがとう。


じゃあ、またね。

ますみ

写真　コハラ タケル
装幀　川谷 康久

あさのますみ（あさの・ますみ）

1977年秋田県生まれ。國學院大學文学部日本文学科を卒業後、声優に。声優活動の傍ら、文筆業でも精力的に活動し、2005年に初エッセイ集『ひだまりゼリー』を発表。その後も、2007年に絵本『ちいさなボタン、プッチ』が小学館主催「第13回おひさま大賞・童話部門」にて最優秀賞を受賞するなど、エッセイ・絵本・漫画原作など、文筆家として幅広く活躍中。近著に「第7回MOE創作絵本グランプリ」で大賞を受賞した絵本『まめざらちゃん』（絵・よしむらめぐ）やエッセイ集『日々猫だらけ ときどき小鳥』など。

編集 原 俊介

逝ってしまった君へ

二〇二一年七月五日 初版第一刷発行

著者 あさのますみ
発行者 縄田正樹
発行所 株式会社小学館
〒一〇一-八〇〇一 東京都千代田区一ツ橋二-三-一
編集 〇三-三二三〇-五四八〇 販売 〇三-五二八一-三五五五
DTP 株式会社昭和ブライト
印刷所 大日本印刷株式会社
製本所 株式会社若林製本工場

JASRAC 出 2104530-101
 ISBN 978-4-09-388817-2